16	3	2	13
5	10	11	8
9	6	7	12
4	15	14	1

ALBERTO MARTINS

LÍVIA E O CEMITÉRIO AFRICANO

Gravuras do autor

editora■34

EDITORA 34

Editora 34 Ltda.
Rua Hungria, 592 Jardim Europa CEP 01455-000
São Paulo - SP Brasil Tel/Fax (11) 3811-6777 www.editora34.com.br

O autor agradece à Fundação Rockefeller por sua estadia em Bellagio, na Itália, em 2011, onde parte significativa deste livro foi redigida.

Imagem da capa:
Xilogravura de Alberto Martins, 2013

Capa, projeto gráfico e editoração eletrônica:
Bracher & Malta Produção Gráfica

Digitalização e tratamento das imagens:
Cynthia Cruttenden

Revisão:
Nina Schipper, Cide Piquet, Lucas Simone

1ª Edição - 2013

CIP - Brasil. Catalogação-na-Fonte
(Sindicato Nacional dos Editores de Livros, RJ, Brasil)

Martins, Alberto, 1958
M386l Lívia e o cemitério africano /
Alberto Martins; gravuras do autor — São Paulo:
Editora 34, 2013 (1ª Edição).
160 p.

ISBN 978-85-7326-521-7

1. Ficção brasileira. I. Título.

CDD - B869.3

LÍVIA E O CEMITÉRIO AFRICANO

Fui encontrá-la num banco de madeira no saguão de um hotelzinho no centro de Santos. No seu colo, repousava a cabeça do menino — o tronco e as pernas esparramados pelo resto do banco. Sentei-me a seu lado e ela puxou da bolsa um maço de cartas. Eram cartas que ela e meu irmão tinham trocado quase vinte anos antes e que ela agora revolvia em busca de uma prova.

Estendeu-me o papel, mas não consegui ler com a luz fraca que caía do teto. Ela se debruçou sobre a página que tremia discretamente na minha mão e passou a decifrar em voz baixa, quase num sussurro, a caligrafia do irmão. Nesse debruçar, o seio esquerdo roçou o dorso da minha mão direita — e ali ficou, quente, vivo, separado de mim pela trama fina do tecido.

Enquanto Lívia me contava do namoro que tivera com meu irmão, aquele adolescente estranho por quem ela se apaixonara na Associação Humanitária Universal, de Santos, e seguira depois, escondida dos pais, em visitas a São Paulo; enquanto ela me contava das cartas que trocavam combinando os dias em que dormiriam juntos no sótão do escritório onde ele trabalhava — minha atenção saltava dos rabiscos no papel para a voz, da voz para o vestido e do vestido para o que palpitava ali tão perto, detrás da seda estampada.

Eu me mantive calado. Ela não precisava provar nada para mim. Há muito eu sabia da possibilidade do menino: quando meu irmão avisou que não voltaria mais para dormir em casa, a mãe logo disse que ele devia estar enrabichado. Dois ou três meses depois do incêndio, eu soube que uma moça, só um pouco mais nova do que ele, havia procurado minha mãe e comunicado que estava grávida de seu filho mais velho.

A mãe reuniu o que restava da família, declarou que tinha acabado de perder um filho e não iria se meter a cuidar de um neto desconhecido, filho de uma adolescente destrambelhada. Deu dinheiro para o aborto e fez a moça jurar que nunca mais iria nos procurar.

Lívia cumprira à risca a última parte da promessa até a semana anterior, quando localizou meu endereço num suplemento de arquitetura. Pelo telefone, ela contou do menino e da doença: havia os médicos, os exames — e ela tinha viagens importantes a fazer.

Depois de uma ligeira hesitação, concordei em abrigar o menino por uns dias.

Lívia meteu o maço de cartas na bolsa e eu a acompanhei na escada até o primeiro andar. Não sei se ela realmente se hospedava naquele hotel ou se alugara o quarto somente por algumas horas. Tirou a mala de dentro do armário e a colocou sobre a cama. Abriu uma sacola, apanhou as camisetas novas que comprara para o menino, arrancou as etiquetas e, com dois ou três golpes de mão, ajeitou as roupas para que coubessem todas na mala. Os remédios e as receitas estavam em uma mochila que ela estendeu para mim como se fosse um pacote. Na luz suja que entrava pela janela, seu rosto parecia ainda mais magro e desesperado. Por um momento, pensei ter entendido mal ao telefone — talvez a doença fosse dela, não do menino.

Fazia pouco menos de um ano que minha mãe começara a ter dificuldades com a fala. No começo, esquecia uma palavra como quem esquece uma sacola no supermercado e volta atrás para buscá-la. Mas logo depois parecia haver muitas sacolas iguais, todas da mesma marca e embalando produtos que mal se distinguiam uns dos outros. Ou então as estantes do supermercado se embaralhavam, os produtos de limpeza iam parar junto dos chocolates, os laticínios migravam para a seção de utensílios domésticos — e ela parava atônita no meio do corredor, o ar de espanto estampado no rosto.

Não. Eu não tinha escutado mal: a doença era apenas do menino. Um cromossomo *x* ou *y* se dobrara na hora do cruzamento dos genes. Isso eu aprendi depois, com a sucessão de idas e vindas a laboratórios e especialistas. Tudo inútil. O diagnóstico era sempre o mesmo: a certa altura (impossível prever quando) o corpo do menino ia começar a perder tônus. Os músculos se afrouxariam em torno dos ossos e estes iam minguar pouco a pouco até ficarem frágeis como casquinhas de vidro. Só a mente não: esta seguiria brilhando, ritmando a fala, os olhos negros animados por uma febre cada vez mais viva.

Não contei a minha mãe de imediato sobre o menino. Esperei que ela se acertasse com o novo medicamento; fiz duas ou três visitas para sondar o terreno e, uma tarde em que ela estava particularmente animada, comentando com a acompanhante o noticiário do jornal, eu disse que recebera um telefonema de Lívia, ela se lembrava?, e que meu sobrinho viria passar uns dias comigo.

Ela não disse nada. Acho que não compreendeu exatamente de quem se tratava: a designação de sobrinho era vaga o bastante para encobrir qualquer tipo de parentesco.

E eu também não quis explicar.

Pela certidão de nascimento, ele iria completar dezessete anos em novembro, mas nada em seu aspecto confirmava isso. O tronco e a cintura cabiam num garoto de dez. Joelhos, ombros, cotovelos saltavam do esqueleto como se fossem polias e pareciam ter muito trabalho para movimentar o resto do corpo. O cabelo preto, espetado, contrastava com o rosto claro, quase transparente.

No conjunto desengonçado, só a voz casava com perfeição. Sem que eu entendesse muito bem como ou por quê, não havia dúvida de que *aquela voz* provinha *daquele corpo*. Podia ser fina e oscilante; ou então grave, cavernosa, estridente, dura, quebradiça, mas era sempre de dentro de uma parte de seu corpo que o menino estava falando — isto é, quando falava, pois os primeiros meses de nossa convivência foram marcados por uma incomunicabilidade exemplar.

A doença de minha mãe não tinha diagnóstico preciso. Diante de um enrijecimento parcial da face, e depois de descartar a ocorrência de qualquer AVC, o médico chegou a aventar algum tipo de pânico ou neurose de guerra — o que me pareceu absurdo, pois, que eu soubesse, minha mãe nunca tivera contato com bombas ou metralhadoras. Ao contrário dos primos com quem passara a maior parte da infância, ela se encontrava deste lado do Atlântico quando a guerra começou.

Durante a consulta, o médico conduzia a conversa lateralmente, demorando-se em assuntos miúdos do cotidiano e, de vez em quando, disparava uma pergunta de longo alcance — o que faziam seus pais? quando vieram para o Brasil? como era a vida na cidadezinha italiana? em que ano ela se mudara para São Paulo? quantos filhos tinha?

Quando uma resposta soava ininteligível ou inverossímil demais, ele me fitava por cima dos óculos, a pedir confirmação. Mas a verdade é que eu sabia muito pouco da vida de minha mãe e tudo o que podia fazer era fitá-lo de volta, devolvendo a pergunta.

Instalei o menino no quarto de hóspedes, comprei uma televisão e combinei com a empregada que ela passaria a vir todos os dias para preparar almoço e jantar. Quando eu saía, ele ainda estava dormindo. De noite, quando voltava do escritório, encontrava o jornal espatifado no meio da sala e ele no quarto, apático, vendo televisão.

No começo, isso não me incomodava. Na arquitetura eu vivia uma fase produtiva mas difícil, com projetos que exigiam muito e pagavam pouco. Na vida pessoal, começara a perder o apetite por me expor. Cuidar de um sobrinho doente era ótima desculpa para recusar convites e voltar do trabalho direto para casa.

Mas, algum tempo depois, a vida no apartamento também começou a ficar insuportável. Com medo do fosso que ia se abrindo entre nós, propus passar a televisão para a sala, imaginando que assim teríamos um território comum. Não adiantou. Bastava eu sentar no sofá, ele batia em retirada para o quarto. Se me aproximava para dar boa-noite, encontrava-o afundado nos livros até o pescoço, como um soldado atrás dos sacos de areia, na trincheira.

Quando finalmente levei o menino para que minha mãe o conhecesse, ela não estava num bom dia. Parecia desatinada e, durante vários minutos, enquanto a moça servia o chá na sala, ela olhava o menino com desconfiança, até com hostilidade.

"Por que seu irmão está tão quieto?"

Fingi não ouvir a pergunta. E comecei a falar novamente de Lívia, o telefonema, e como meu sobrinho, seu neto, filho de meu irmão, viera passar uns dias comigo. Então foi ela que pareceu não ter ouvido e mudou de assunto. Me perguntou em que ano havíamos passado as férias no Rio Grande do Sul. E disse que agora era bem mais fácil viajar pois muitos países já não exigiam passaporte.

Lívia deu seu primeiro sinal de vida quatro meses depois do nosso encontro no hotelzinho de Santos. Era um cartão-postal enviado às pressas de Paranaguá, no Paraná. Queixava-se de trâmites portuários. Não havia endereço de remetente.

Por estranho que pareça, àquela altura a vida me parecia razoavelmente equilibrada. Tinha minha mãe, cuja memória ia e vinha com deslizes crescentes, mas sem entornar o caldo — e tinha o menino. Dinheiro voltara a entrar, não muito, porém o suficiente para não ter de quebrar pedras todo dia.

Foi então que a coisa aconteceu.

Cheguei mais cedo do escritório, uma visita me esperava. O menino, por alguma razão que não entendi, não quis recolher as pernas e abrir espaço no sofá para que nos sentássemos. E como a lenga-lenga se prolongasse e a sua voz, com o tom ao mesmo tempo insolente e enfermiço, me soasse particularmente insuportável aquele dia, de um instante para o outro perdi completamente a cabeça. Ali mesmo, na frente da visita e da empregada, soltei um urro como nunca havia soltado antes. Sob a capa do arquiteto comedido e refinado, subiu o impulso obscuro de dominar o rebanho, de exigir respeito mesmo à custa de cascos e marradas. E para não socar diretamente os ossos do menino, desviei a minha fúria para a mesinha de plástico em que ele espalhava seus livros. Agarrei pela perna, ergui nos ares e a estraçalhei repetidas vezes contra a quina do sofá, rente às suas coxas. A mesa fendeu, quebrou — e, depois de quatro ou cinco golpes, tudo o que restava em minhas mãos era uma lasca afiada de plástico branco e, dentro do peito, uma posta de carne convulsionada. Eu tinha me tornado pai dele.

Depois desse episódio, mergulhei no trabalho. Passei a aceitar projetos que em outros momentos recusaria e logo me vi frequentando pessoas e lugares com que tinha pouca coisa em comum. Só voltei a pensar verdadeiramente no menino tempos depois, numa situação de desconforto.

No final da manhã, recebi um chamado. Devia estar às duas horas sem falta num condomínio em Sorocaba, onde acompanhava a construção de uma casa de campo. Eu gostava dos proprietários, que sempre tinham me tratado muito bem e costumavam dar ótimas festas em São Paulo. Mas pelo tom do telefonema percebi que havia algo errado.

Assim que pisei na obra me dei conta do desastre.

Quinze dias antes, no final de uma visita, eu esboçara a pedido de minha cliente algumas soluções de cobertura para o caramanchão, que, como estava combinado, seria a última coisa a ser erguida. Temendo algum mal-entendido na leitura dos desenhos, eu tomara o cuidado de assinalar na margem do papel: *ou... ou...*

Naquela mesma noite, sem me comunicar, minha cliente achou por bem comemorar o aniversário da filha no condomínio e ato contínuo decidiu rever as prioridades de execução. Na manhã seguinte passou meu desenho para um estudante de engenharia que era seu afilhado e fazia estágio na obra, e este, sem dar importância ao fato de que as alternativas ali indicadas eram excludentes, passou a régua e caneta o que fora sugerido a mão livre e a lápis. Resultado: meu croqui feito às pressas acabou se tornando o "projeto do caramanchão" e foi parar nas mãos de um assistente com a ordem de que deslocasse alguém para tocar a obra.

Agora, no meio do canteiro, discutiam com rispidez meu cliente e o peão que pusera em pé aquela construção desajeitada, que quebrava a unidade do conjunto.

"Você errou, admita."

"Eu segui pelo desenho."

"Errou."

"Segui pelo desenho."

"Mas aqui está escrito, ó..." — e apontava o canto da folha onde se lia, a caneta, *ou... ou...*

"Você não viu?"

Silêncio.

"Não sabe ler?"

"Eu segui pelo desenho."

"Não quero saber se você se virou pelo desenho. Quero saber se você leu o que está escrito. Leu?"

Silêncio.

"Você errou, errou."

O confronto se iniciara pela manhã, fora interrompido na hora do almoço e devia terminar agora na minha presença. Era evidente que não havia mais nenhum sentido prático em jogo. Meu cliente sacou o lenço do bolso. A essa altura ele não estava mais preocupado com os custos extras; tudo o que exigia era a admissão do erro por parte do peão de obras e um pedido de desculpas que abriria as portas para a reconciliação.

Mas o rapaz teimava.

"Eu não errei. Segui pelo desenho."

Constrangido, sentindo-me em parte culpado, embora não tivesse culpa alguma, afastei-me alguns metros para observar melhor a construção inacabada. O desequilíbrio na altura dos pilares saltava aos olhos. As soluções que eu tinha imaginado eram incompatíveis entre si e jamais me ocorrera que alguém tentaria reuni-las na mesma obra. Mas ao contrário do que eu esperava, aquele descompasso, que saltava aos olhos visto de perto, quando considerado a meia distância evocava um ritmo esquisito, quebrado, mas de todo modo um ritmo — e nessa hora me lembrei do menino. Do seu jeito torto de parar em pé, os quadris torcidos de tal maneira que um dos joelhos acabava sempre virado para fora ou para a frente. Andando, até que não se notava tanto, mas, parado, o desequilíbrio das cargas chamava a atenção.

Achei graça.

Por um instante me passou pela cabeça uma ideia maluca — e se tocássemos o caramanchão daquele jeito mesmo? Afinal, o que era belo ou feio naquele condomínio em que proliferavam as aberrações arquitetônicas? Mas logo caí em mim: isso seria um desatino completo, inteiramente incongruente com o ponto de partida do projeto.

"Burro! Admita que errou!"

A voz do patrão tinha subido de tom. Eu precisava agir depressa. Mas quando abri a boca determinado a pôr panos quentes na discussão, me ouvi dizendo exatamente o contrário.

"Que diabos! sempre desmanchando e corrigindo, desmanchando e corrigindo... Essa obra já deu tantos problemas, será que pelo menos uma vez na vida não podemos seguir em frente mantendo em pé o que está feito? Posso embutir as calhas, desenhar uma cobertura que acompanhe o desnível dos pilares, e a diferença das alturas vai até ajudar no escoamento da água..."

Notei que, enquanto falava, ocorria uma reviravolta na situação. O peão, em parte satisfeito com o que ouvia, perdeu aquela força obstinada da recusa que o levava a encarar o patrão de igual para igual. E o patrão, isto é, meu cliente, antes condescendente para comigo, reagiu como se tivesse levado uma punhalada nas costas. Pela contração instantânea do seu rosto, compreendi que eu já não era o "amigo", o "querido arquiteto", mas sim um prestador de serviços inoportuno com ares de artista e sabichão, e que, a partir daquele momento, qualquer coisa que eu pensasse ou dissesse não tinha a menor importância — eu estava definitivamente fora daquela obra.

Na época faltava pouco para que eu me tornasse um dos arquitetos da moda. Pelo menos da moda para um pequeno círculo que podia construir não por necessidade estrita de moradia, mas pela necessidade, para eles tão imperiosa quanto, de possuir uma residência à altura de seus lucros e aspirações. Espaços amplos, soluções de grande impacto visual, certo exagero no uso das diagonais tinham sustentado até então o interesse por meus projetos e feito meu nome circular nos suplementos dedicados à nova arquitetura brasileira.

Eu me aproximava da quadra dos quarenta e já começava a sentir no corpo e na alma os efeitos do número quatro. Meus últimos projetos não se destacavam pelo arrojo singular de antes, mas por maior simetria e senso de estabilidade. Alguns diriam que se tornavam também mais conservadores, atendendo aos programas preestabelecidos pelos bem estabelecidos pais de família que eram meus clientes. Eu preferia dizer que meus projetos ganhavam em consistência e conforto interno.

Seja como for, o episódio do caramanchão, que a princípio eu tomara por fato isolado, acabou tendo desdobramentos de longo prazo. Por um lado, a notícia de meu desentendimento com um cliente espalhou-se no meio e me indispôs com um número significativo de pessoas. Por outro, remoendo todo o episódio, passei a alimentar, de início, certa desconfiança, depois, um franco enjoo com os rumos que vinha imprimindo à minha arquitetura. Foi nessas circunstâncias, desgostoso com o meio e comigo mesmo (e movido também por uma estúpida nostalgia), que acabei me envolvendo em um projeto de restauro para o centro velho de Santos.

Minha mãe tivera uma infância modesta e uma mocidade exuberante, quando o lado brasileiro da família entrou numa onda de prosperidade sem precedentes, vendendo comida, combustível e entretenimento para os navios de guerra que ancoravam no porto. O contato com fornecedores do interior garantia a abundância de carne, arroz e verduras para o grosso das tripulações. O Grande Hotel, instalado na quadra da praia, diante do mar, provia o uísque, o vinho, a música, as noitadas, o jogo e os amores para o alto-comando e o *jet set* da capital.

Eu conhecia muito pouco desse mundo em que oficiais da marinha britânica dançavam com vedetes a caminho da Argentina; um comediante desempregado trocava cama e comida por shows noturnos na boate; uma orquestra contratada para a temporada de verão do cassino Carrasco, no Uruguai, interrompia a viagem e ficava semanas hospedada no Grande Hotel, dando concertos diários no saguão, porque seu empresário se apaixonara por uma bailarina do porto. Eram histórias que eu ouvira na infância e que agora retornavam aos pedaços na conversa de minha mãe, toda vez que eu a visitava em companhia do menino.

Os postais de Lívia se sucediam a intervalos irregulares, numa sequência para mim incompreensível. Depois de Paranaguá vieram a Namíbia, Santa Cruz de la Sierra, Santana do Cariri, no Ceará, Dourados, Recife, Goiânia, Costa do Marfim, novamente o Ceará, Belo Horizonte, Lagoa Santa, Montevidéu, Colônia de Sacramento, Madri, Moscou, Mainz, depois outra vez Santana do Cariri, São Gabriel, Assunção, Encarnación e o arquipélago dos Bigajós, na África.

Havia praças de cidade, igrejas, trabalhadores na entrada de uma mina, o rosto de um garoto africano, uma construção amarela com um terraço, plantações de flores brancas, um açude, um bonde subindo e outro descendo uma ladeira. Eram cartões-postais sem nada de excepcional. No verso, nenhuma pista de onde se hospedava, quantos meses duraria sua viagem, quando voltaria a nos procurar.

Com o tempo me convenci de que esse percurso errático só podia refletir uma personalidade nômade, um desgarramento enorme — o que, até certo ponto, explicava o ânimo calado do menino.

Para compensar a estreiteza da minha vida, entrei de cabeça naquele projeto de revitalização do centro velho. Fiz quase uma dúzia de viagens a Santos até que o projeto, que contava com o apoio da Unesco, empacou e se perdeu no labirinto dos jogos políticos. Meses mais tarde, no entanto, recebi um convite da Unesco para participar de um congresso em Buenos Aires sobre a restauração de patrimônios arquitetônicos.

Passávamos as manhãs dentro do hotel, ouvindo relatos de experiências bem e malsucedidas na Itália, na Holanda, na França e na Bélgica, e depois saíamos de carro para percorrer pontos de interesse na cidade.

Uma tarde levaram-nos para conhecer a residência de verão da família Ocampo, em San Isidro, onde a escritora Victoria Ocampo vivera desde o final dos anos 40. A casa erguida pelo pai de Victoria ainda no século XIX, na beira do rio da Prata, era um misto de vila italiana e *manor house* inglesa. O gramado à sua volta, que chegara a se estender por dezenas de acres, agora se resumia a um quarteirão. Depois da morte de Victoria, a casa caíra em abandono. Um princípio de incêndio tinha chamado a atenção da municipalidade que, com ajuda da Unesco, tentava pôr em prática um plano de restauro. Àquela altura, o dinheiro dera apenas para o andar de baixo. O piso fora refeito e as paredes, recuperadas na cor original, exibiam fotografias das personalidades ilustres que haviam passado pela casa: Jorge Luis Borges, Adolfo Bioy Casares, Silvina Ocampo (irmã de Victoria e mulher de Bioy Casares), o prêmio Nobel Rabindranath Tagore... Eu atravessava os cômodos um tanto distraído, prestando mais atenção nas janelas que davam para o rio barrento do que na arquitetura e no parco mobiliário, quando o guia, apontando para um piano de meia cauda no centro de uma saleta, disse, "nesse piano tocaram Igor Stravinsky, Arturo Rubinstein e Federico García Lorca".

Os dois primeiros nomes me deixaram indiferente, mas a menção a Lorca, a Lorca naquele lugar, a Lorca tocando piano naquela sala há exatos cinquenta anos — aquilo bateu numa corda inesperada. Como coisas tão distantes podiam de repente estar tão próximas? E lugares tão afastados no tempo serem, por uma fração de segundos, o *mesmo lugar*? Lorca tocando piano naquela casa antes de ser fuzilado do outro lado do oceano. O guia conduziu os visitantes para o aposento seguinte, e eu fiquei ali parado no meio da saleta, olhando para o pequeno piano preto coberto de pó — pó que eu não sabia dizer se tinha caído das obras de restauro ou se era o mesmo pó que continuava a se desprender, a cair e a se depositar minuto a minuto desde a noite em que o poeta tocara e cantara naquela casa.

Observei a foto de Lorca na parede.

Sentado na banqueta, com as mãos sobre o teclado, seu corpo dava uma guinada para olhar o fotógrafo de frente — e eu compreendi. Havia uma coisa que o menino dizia, dizia o tempo todo com seu olhar vivo e o corpo desconjuntado, e que eu nunca tinha conseguido entender: o menino tinha o *duende*.

Numa vida de pequenos acontecimentos, aquela viagem curta a um país vizinho foi um divisor de águas. Abandonei a ideia de trabalhar com patrimônio e restauro, e retomei a profissão no ponto em que a havia deixado, isto é, aquela massa de aspirações, desejos, contatos, promessas e preocupações que eu tinha diariamente de bater, sovar, a fim de encontrar uma forma.

Atravessei um período conturbado. Eu ia cedo para a cama e logo pegava no sono. Mas acordava pouco depois com a sensação de que tinha coisas importantes a fazer e não sabia o que era. Repassava mentalmente as questões do trabalho, lembrava das providências a tomar nos próximos dias, mas não eram essas as coisas que me incomodavam — e eu acabava, invariavelmente, pensando em Lívia e no menino.

Pouco depois do postal de Encarnación, tive uma alucinação.

Foi num dia seco de inverno, desses em que as narinas puxam o ar com dificuldade e um gosto de terra repica no fundo da garganta. Dentro de uma marcenaria no bairro de Pinheiros, eu repassava o desenho de um *closet* com o Yamada, quando o caminhão parou diante da porta, tampando a luz de junho. O motorista desceu, hesitou um instante, depois perguntou pelo dono. Disse em voz baixa que trazia mogno do Paraguai.

Deixei os dois homens conversando e saí para a calçada a fim de espairecer um pouco. Rente à sarjeta crescia um ipê, a copa de flores explodia no ar a uns cinco metros de altura. Atravessei a rua para observar melhor a árvore. Na cabine do caminhão, uma mulher se inclinava contra o vidro da frente e também procurava um jeito de enxergar a copa florida. Tinha a testa queimada e os cabelos de um castanho sem cor. Abriu a janela, espichou o corpo e girou a cabeça para olhar as flores. Não me viu. Devia estar na estrada há muito tempo. Tinha o rosto inchado de sono ou de bebida — e grandes olhos rasgados como se fosse uma índia loira. Enquanto esperava a volta do companheiro, olhava alternadamente para cima, para a copa da árvore, e para o asfalto, onde um círculo de flores roxas começava a se formar. "Está na estrada há muito tempo" — era nisso que eu pensava quando o homem reapareceu. Pelo jeito, não tinha fechado negócio. Subiu no caminhão batendo a porta — e eu tive um pressentimento que, no instante seguinte, converteu-se em certeza: aquela mulher era Lívia. Seu último cartão não fora o retrato de uma índia vendendo cestos numa praça qualquer do Paraguai? O motor começou a funcionar. Aquela mulher, um pouco mais forte, um pouco mais cheia, um pouco menos doente do que a que eu conhecera no hotelzinho de Santos quase um ano e meio antes e que agora conversava com o homem dentro da cabine, com o motor ligado, era Lívia.

Só podia ser ela.

Abri a boca mas uma dor aguda cortou da costela até a garganta. Sem voz, sem ar, me agarrei à parede e fui dobrando, devagarinho, os joelhos e ainda pude ver as caixas de papelão que encobriam, na carroceria, a lona bem amarrada — e depois o caminhão — e depois mais nada.

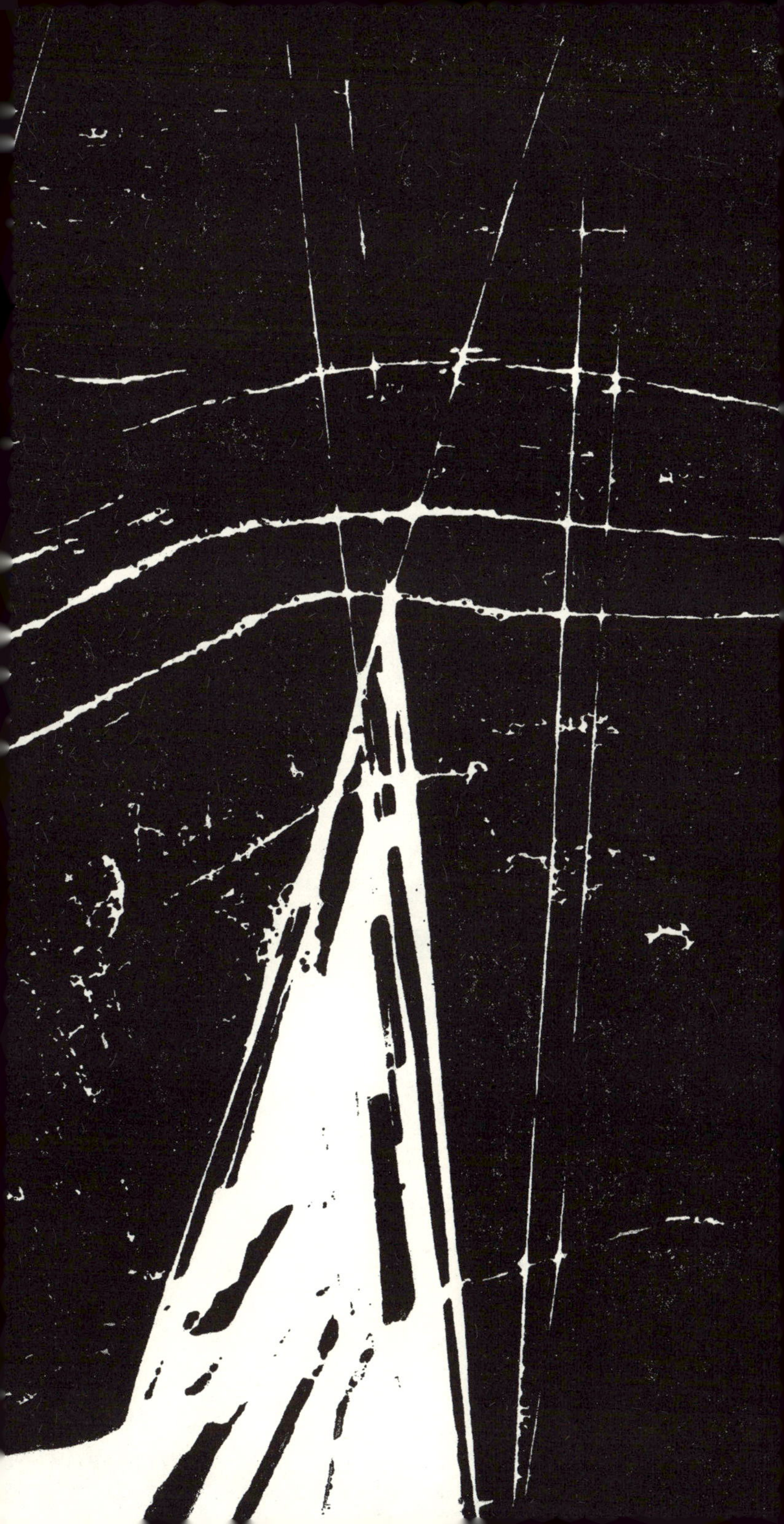

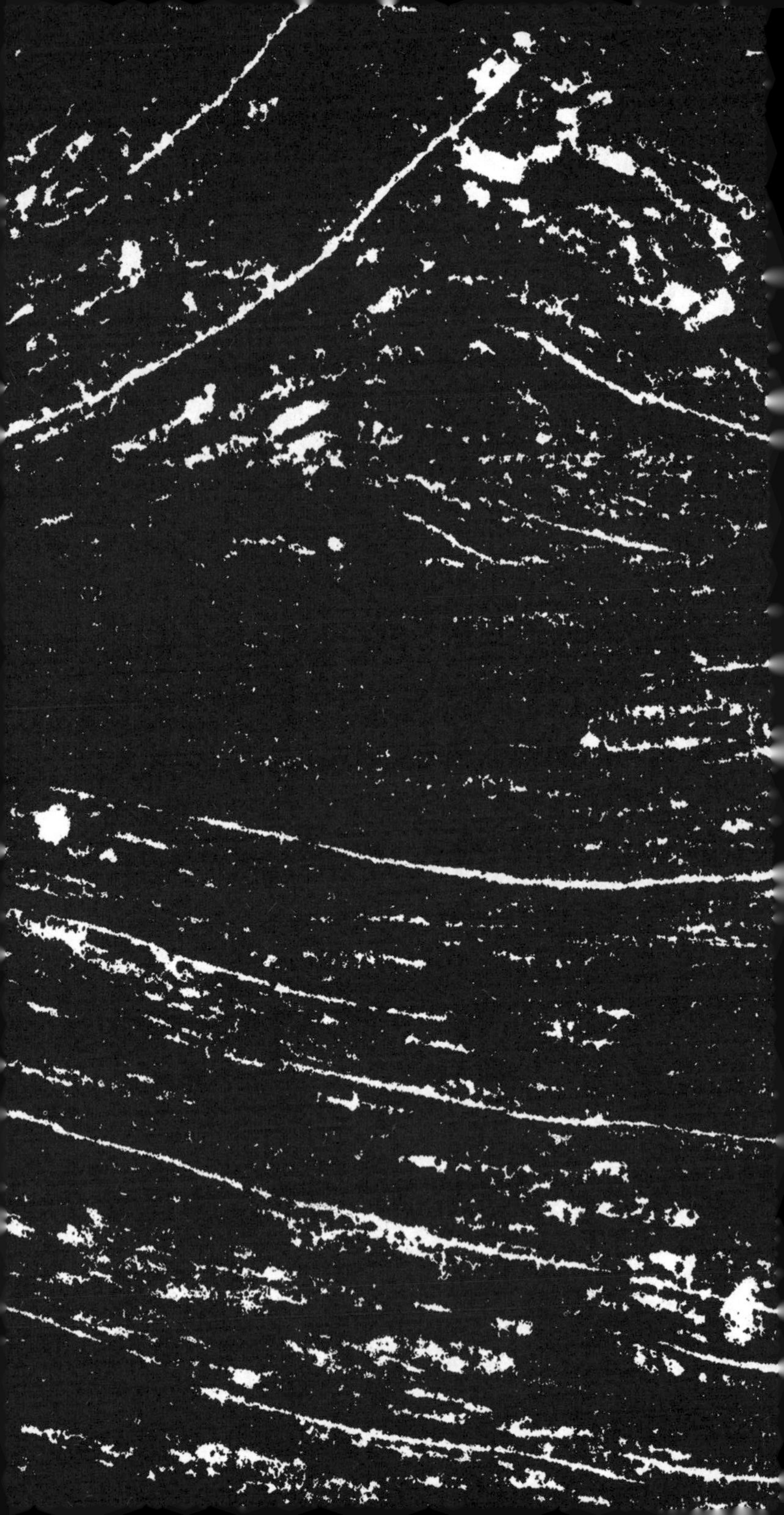

Uma noite, ao sair do elevador, ouvi uma voz no apartamento. Achei que era o noticiário da televisão, mas depois percebi que era o menino lendo em voz alta. Sua voz soava diferente, bem mais inteira do que eu podia imaginar. Escuro, compacto — o som atravessava a porta e ganhava ressonância no minúsculo hall de entrada.

Fiquei parado do lado de fora, a chave na mão. Quando a leitura terminou, esperei ainda um instante para abrir a porta. Dei boa-noite e pensei em ir até a cozinha, mas no meio do caminho fiz meia-volta e perguntei se ele poderia ler outra vez. Para minha surpresa, ele não refugou. Era um poema que saíra publicado no jornal.

O menino leu:

nunca mais voltarei
a certos lugares
é possível viver
sem voltar
jamais a eles

o que serão
para outros
não sei
            para mim
têm desde já
uma faixa que os cinge:
não entre

cidade fechada,
a ti pertencem agora
as regiões negras
            e ocas
do meu peito
— onde nada há
nem houve

Nessa noite, jantamos juntos na cozinha.

De madrugada, acordei com uma tosse cavernosa vinda do quarto ao lado. Esperei na cama uns minutos, tentando conciliar o sono. De repente me ocorreu que aqueles versos que ele repetira de bom grado para mim talvez não fossem uma metáfora. Talvez "as regiões negras e ocas" do seu peito fossem de verdade.

Saltei da cama, ajeitei-o no carro e saímos no meio da noite atrás de um hospital ou, pelo menos, de uma farmácia, um xarope, uma pastilha, qualquer coisa. Já pensava nas chapas de pulmão obrigatórias no dia seguinte, quando, para meu espanto, mal o carro se pôs em movimento, a tosse calou. Sentado no banco, enrolado num cobertor, meu sobrinho me pareceu, pela primeira vez na vida, sereno.

Subi a Ibiraçu até a Cerro Corá e virei à esquerda em direção à Lapa. Não deu vontade de parar na primeira farmácia e resolvi rodar mais um pouco. Segui até o cemitério no fim da Diógenes, depois voltei no sentido contrário, rumo à Paulista, e fomos observando, de um lado e de outro, as luzes do Jaguaré e da Cantareira. Nas duas abas do espigão, a cidade se desdobrava como um filme — ruas largas, asfalto úmido, prédios enormes, prédios minúsculos, massas de árvore contra o muro de uma casa. Diminuí a velocidade e tive a sensação de que diminuía também a velocidade dos fotogramas em torno do automóvel: sessenta, quarenta e cinco, trinta... Quantas imagens capta o nosso cérebro num segundo? E num átimo de segundo?

Espiei o menino com o canto do olho.

Ele também espiava a cidade, entretido com o cenário de ruas vazias e raríssimos transeuntes que se abrigavam sob a marquise de um edifício. A cidade noturna, entregue a ninguém. Parei no sinal fechado. A água da chuva brilhava nos fios de eletricidade e se acumulava em poças na sarjeta. O sinal abriu. Passei por um posto de gasolina iluminado e tive a sensação de atravessar o sono de um desconhecido... Não. Não de um desconhecido (eu já havia reparado antes no predinho com uma faixa anunciando cursos de língua e tratamento especial para desbloqueio psíquico, no serviço de despachante para renovar a carteira de motorista, naquele bar de empadinhas naufragando há milênios na mesma esquina), mas de alguma coisa que de tão repetida tinha se tornado automática. O mecanismo-cidade. O mecanismo que controlava meus horários, que me ditava o trabalho, o cansaço, a diversão — e que, no fundo, não existia para ninguém. Talvez continuasse a existir durante o dia simplesmente porque tínhamos a ilusão de que existia — mas àquela hora da madrugada (furei o semáforo e passamos por uma fileira de casas com as luzes apagadas, uma revendedora de pneus, depois uma padaria, um estacionamento, a vitrine de um banco) a cidade era como uma bobina que se desenrolava e fotograma por fotograma deixava cair suas cascas de ferro, de vidro, de plástico, de cimento, de celuloide até que, por cima do asfalto, tudo que restava era uma crosta de gelo negro, quebradiço.

Quando deixei o espigão da Cerro Corá para trás e desci pelas ruas da Vila Romana em direção à Lapa de Baixo, quarteirões inteiros que eu nunca soubera que existiam se despregaram do fundo neutro da cidade e vieram bailar à nossa frente, no vidro do carro.

Longe, para os lados da Cantareira, piscavam umas luzes.

Sem pensar, virei à direita, atravessei a Aurélia e caí numa pracinha simpática, com um ponto de táxi vazio. Segui em frente por uma rua curva e caí em outra praça, mais bonita porém minúscula, rodeada de sobradinhos. À direita, o paredão da Cerro Corá se recortava contra o fundo de algumas casas. Quis fazer o retorno mas, poucos metros adiante, a mesma rua que dava a volta na pracinha tornou-se inesperadamente contramão. Não havia outra coisa a fazer senão seguir em frente. Enveredei pela ruazinha estreita até que demos numa bifurcação — novamente era impossível dobrar à esquerda. Parei o carro e pus a cabeça para fora, tentando estudar a situação. O menino compreendeu que estávamos perdidos, mas não fez nenhum comentário a respeito. Eu avaliava se era possível refazer todo o percurso em marcha-ré — mas o risco de uma colisão com outro carro ou contra os postes inclinados, quase na sarjeta, me impediu. Resignei-me a seguir em frente. Passamos por uma Assembleia de Deus, um salão de beleza, uma igreja pentecostal, uma serralheria e uma igreja triangular que, com sua arquitetura de ginásio esportivo, parecia saltar de dentro do quarteirão. Por sorte, vi um bar no fim da rua Mundo Novo esquina com Bica de Pedra. As portas estavam cerradas, mas havia luz no interior. Chamei em voz alta. Alguém lá dentro respirou aliviado quando percebeu que eu não era da polícia, mas apenas outro motorista perdido tentando encontrar o caminho de volta.

No final da Sepetiba havia uma casa térrea, com paredes brancas de cal e janelões de madeira. Eu já a vira antes, mas só ao fazer a curva para entrar na rua Camilo foi que reparei na sua fachada. No alto, bem no meio do frontão triangular, estava a inscrição: *1926*. "O ano de nascimento de minha mãe, sua avó", eu disse ao menino — e ficamos um bom tempo, com o motor ligado, observando a casa.

Até que o menino ligou o rádio.

El señor Juan, de Confecciones Nuevo Brás, saluda a la señora Elvira Mendez en Tatuapé y la felicita por su cumpleaños. El empleado Jaimito del restaurante Altiplano comunica a su jefe que faltó al trabajo por motivo de enfermedad en la familia. Viernes, el 3 de octubre, el conjunto Los Chalcos presentará canciones andinas en el salón paroquial de La Iglesia de Nuestra Señora en Pari. Para enviar dinero a Bolivia, Correo Andino es la manera más rápida y segura. El señor José Hineo acaba de llegar de Cochabamba y busca empleo en el ramo de eletromecánica. La señora Concepción Hurtado avisa a su hermana Susana que está enferma y no podrá quedarse con ella el sábado y el domingo. La señorita Ilana quiere comunicarse con su primo Astremio y le ruega que deje un mensaje en este programa. Por problemas técnicos con la impresión de los boletos la rifa de los Niños Necesitados no correrá este año el 12 de octubre, pero el 25. La señorita Amatías comunica el fallecimiento de su madre Mariana Calamani, ocurrido en Challapata, el 28 septiembre, y agradece los mensajes recibidos. El grupo folclórico Los Candelarios tiene puestos de trabajo para nuevas danzarinas; las interesadas por favor entren en contacto con el señor Anselmo del restaurante Cabo Verde. Si quieres volver a Bolivia...

O menino riu.

Não sei exatamente o que aconteceu naquela noite. Se foi a tosse, o carro, a cidade, os quilômetros rodados, meu silêncio, aquela casa ou o programa de rádio — mas o fato é que, naquela noite, enquanto eu tentava achar uma saída do labirinto de becos e ruelas da Vila Anglo, por onde inadvertidamente eu me metera, o menino me falou pela primeira vez de sua família.

Uma fala torta, cheia de saltos e pedaços faltando, que fui montando aos poucos.

Agora, pelo menos duas vezes por semana eu arrumava um pretexto para sairmos de carro depois do jantar. Rodávamos pelo Butantã, o Caxingui e o Jaguaré, onde eu procurava terrenos para um cliente hipotético ao mesmo tempo em que detalhava para o menino meus planos de transformar o Moinho da Água Branca em um moderno conjunto de *lofts*, ao estilo de Nova York. Em outras ocasiões, esticava os passeios até o centro, o Bexiga, a Vila Mariana ou a Aclimação, onde gostava de entrar pela Ametista e depois me enfiar, numa sequência de curvas, pelas ruas Alabastro, Topázio, Safira, Esmeralda, Turmalina. E enquanto girava por aquelas ruas com nomes de pedra, tentava compreender que gente era aquela, quem eram Lívia, o menino, essa família que, sem que eu pudesse fazer nada para impedi-lo, ia se tornando cada vez mais minha própria família.

Encontrei minha mãe sentada, uma pasta de recortes no colo. Na sua mão, uma página amarelada de jornal estampava uma foto do Grande Hotel visto de cima, provavelmente de um avião. Tive a sensação de já ter visto aquela foto antes, mas de um ângulo ligeiramente diferente. No jornal a sombra do cassino se alastrava pelo gramado da frente, projetando-se agressivamente sobre a faixa de areia. O papel estava seco, senti coceira nos dedos. Pus o recorte na mesinha de centro e ia perguntar como ela havia passado os últimos dias, quando reparei outra vez na mancha em diagonal que avançava do hotel em direção ao mar.

Aproximei o jornal dos olhos.

Na parte da areia, o grão era tosco demais. Aquilo não podia ser do negativo original. O Grande Hotel não era tão grande a ponto de sua sombra, vista de um avião, chegar até a praia. Por outro lado, também não parecia erro de impressão, pois a mancha que cobria o jardim era delicada e tinha várias nuances de tom.

Pedi licença para remexer dentro da pasta até que topei com um envelope dobrado, que parecia nunca ter sido aberto. Dentro havia um folheto do Grande Hotel convidando para o Réveillon de 1948 e "a entrada espectacular em um novo tempo". No alto da página, a mesma foto, mas com uma diferença: via-se claramente que a sombra do hotel, que devia chegar só até um terço do jardim, fora esticada pelo pincel do laboratorista até quase meia praia. Um truque fotográfico simples para ampliar a escala da construção.

Conferi a data do jornal — *fevereiro de 1948*. Era uma reportagem sobre os bailes de Carnaval na cidade, com destaque para as noites de gala do Grande Hotel. Ao reproduzir a foto ilustrativa do folheto de propaganda, o jornal tentara reduzir a extensão de sombra pintada, mas acabara produzindo uma máscara ainda mais grosseira, acrescentando à imagem de divulgação uma nova margem de erro e descuido. O resultado fora uma miscelânea de retoques que não ilustravam nada.

Então perguntei a minha mãe se ela se lembrava bem daquele ano.

Uma fala torta, cheia de saltos e pedaços faltando — que fui aos poucos preenchendo, corrigindo, emendando, toda vez que o excesso de lacunas e de fantasias do menino tornava seu relato impossível de aguentar. Assim, a princípio de forma involuntária, depois conscientemente, acabei me tornando cúmplice da história de seu avô.

O pai de Lívia nascera em Portugal e desembarcara em Santos, sozinho, com catorze anos de idade. Trabalhou num armazém, onde tinha de carregar a mesma quantidade de sacos de um adulto; não gostou e acabou entrando como aprendiz numa marcenaria. Tinha jeito com a madeira e sete anos depois abriu a sua própria oficina.

Para formar clientela, saía pelas ruas tocando campainhas de porta em porta. Perguntava se não tinham uma cadeira, uma cama, um armário precisando de ajustes. Um dia teve um estalo: ao invés de simplesmente consertar as coisas velhas, propôs a uma senhora levar a mesa capenga e lhe fazer uma nova. E passou a recolher nas casas de família, nos escritórios e nas pensões do centro, uma infinidade de mesas, cadeiras, banquinhos, cabides e despensas que lembravam os móveis escuros de sua infância em Portugal.

Dessa forma, conseguiu trabalho nas duas pontas: com madeira nova, comprada a prestação, fabricava os móveis que lhe encomendavam e nos quais se esmerava. Na outra ponta, percebeu que havia uma clientela abastada que não se importava em pagar um pouco mais por peças de idade que, com pequenos reparos, tornavam-se bastante apresentáveis.

Mal podia assinar o nome, mas ouvindo uma opinião aqui, outra ali, começou a se inteirar do gosto do mercado. Quando reuniu um conjunto razoável de peças, alugou um sobradinho na rua Brás Cubas e, aos sábados e domingos de manhã, expunha na garagem a sua colheita. No começo, os móveis de madeira conviviam aleatoriamente com máquinas de costura, moedores de café, livros, jornais, revistas, azulejos, aparelhos de louça quebrados, colchões e até peças avulsas de barcos.

No final do ano, começou a fazer planos. Alugou uma camionete e resolveu se aventurar pelo litoral sul, onde ouvira dizer que as cidades eram antigas e pobres. Em Sumaúma, comprou duas arcas velhas e, em Cananeia, um conjunto de oito cadeiras. Encheu o resto do caminhão com peças de palha e barro do artesanato local. De volta a Santos, constatou que o artesanato não tinha valor algum; no entanto, por uma das arcas e quatro cadeiras recebeu o dobro do que gastara em toda a viagem. Percebeu que com a mesma quantidade de dinheiro podia comprar coisas muito diferentes — e que essas mesmas coisas "valiam diferentemente" conforme o lugar e o momento em que fossem expostas.

Com o ouvido alerta, entendeu que havia chegado tarde demais para o barroco mineiro, cujo preço andava pelas alturas. "Mas e Mato Grosso ou Goiás?", pensou. Alguma coisa devia ter sobrado. Consultou dois ou três clientes e, contra todos os palpites, decidiu-se por Mato Grosso.

Tudo isso o menino contou não em uma única conversa, mas em várias — em parte para mim, em parte para minha mãe. Pois quando, por uma questão de logística, passei a reunir os dois em almoços e jantares de fim de semana, observei que não só a presença do menino ajudava a resgatar minha mãe de seus circuitos de ausência como, diante dela, ele se tornava bem mais loquaz e até divertido.

Nesse período minha mãe se acertou com um novo medicamento e voltou a ganhar agilidade. Contrariando a orientação do médico, que sugeria que eu evitasse deslocamentos para não agravar seu quadro de confusão mental, resolvi arriscar passeios mais prolongados. Fomos primeiro ao Parque da Água Branca, depois ao Ibirapuera, e uma tarde de sábado inventei um piquenique no Jardim Botânico, onde o menino permaneceu quase uma hora em silêncio diante de uma grande urna de cerâmica indígena, no final de uma alameda de bambus.

Durante esses encontros o menino nunca perguntava de meu irmão, seu pai — não sei se por delicadeza ou se isso realmente não lhe importava. De todo modo, falava e perguntava sobre muitas outras coisas e isso alegrava minha mãe que, com vontade de retribuir, fazia sulcos com as unhas na toalha da mesa enquanto lutava barbaramente para lembrar alguma passagem de sua infância.

Mas no domingo seguinte, enquanto esperávamos vagar a mesa de um restaurante na Cantareira e o menino voltou a falar sobre o avô e sua viagem por Mato Grosso e de como ele conhecera sua avó, uma índia de verdade que trabalhara num circo fazendo o papel de uma índia de verdade e depois fugiu e com medo de ser presa se escondeu na cozinha de uma pensão, onde o avô a encontrou debaixo da pia, a história me pareceu tão fabricada, tão cheia de clichês, que tive a certeza de que ele só podia estar mentindo.

Para quê? Para me impressionar? Para impressionar minha mãe? Fiquei irritado com aquele exibicionismo gratuito e acabei descontando no garçom que nos atendia. Minha mãe, porém, gostou da aparição inesperada de uma figura feminina na história de vida do menino — e insistiu para que ele a repetisse.

À custa de repetições, a história da avó do menino acabou ganhando certa consistência, embora nunca deixasse de me soar exagerada e lugar-comum. Contra a minha expectativa, no entanto, as variantes que ele introduzia no relato, cada vez que o retomava naquela mesa de restaurante da Cantareira, e também mais tarde, em outras ocasiões, embora francamente fantasiosas, não destituíam sua história de veracidade.

Segundo meu sobrinho, sua outra avó, a mãe de Lívia, tinha sobrevivido a um massacre em Ribeirão dos Índios, quando menina; de lá escapara para o Mato Grosso e vivera algum tempo entre os guató (a menção aos guató entrava e saía da história com uma facilidade impressionante) na fronteira com a Bolívia. Depois estivera com os salesianos, com quem aprendera português. Aos vinte anos fugiu da missão, foi para Corumbá, passou fome nas ruas e acabou trabalhando num circo, onde fez vários papéis, entre eles o de uma "indígena autêntica" que toda noite se transformava em jaguar com a ajuda de um holofote e de uma pele de onça velha e fedida — a qual, em seus últimos dias, ela ainda lamentava ter deixado para trás.

Nessa mesma noite, voltando para casa, o menino me disse que tinha outras memórias também, mas não conseguia encaixá-las em lugar nenhum — a menos que seu avô tivesse tido na juventude uma segunda vida, coisa que ele nunca conseguiu descobrir. De alguma maneira, ele *se lembrava* com toda a certeza de que o avô, antes de tornar-se negociante de móveis, trabalhara no teatro ou no circo pintando painéis — mas quando o indagou a respeito, este negou veementemente. E Lívia, por sua vez, nunca confirmou essa história.

Então, quando eu me preparava para descer a rampa e entrar com o carro na garagem, ele me perguntou se por acaso, em algum momento, meu pai tinha trabalhado como cenógrafo num circo.

A situação era esdrúxula: o menino tinha memórias demais; minha mãe, memórias de menos. Deslocado no meio daquela conversa truncada, eu, não sei por quê, muitas vezes acabava me lembrando da saga do besouro rola-bosta que tinha visto num documentário na televisão.

O besouro avança pelo chão do deserto empurrando uma enorme bolota de excremento. Quando o terreno é liso e nivelado, ele consegue avançar por três ou quatro metros sem muito esforço — mas se topa com uma pedra, uma ranhura, uma saliência qualquer, ele perde o controle da bolota, se desequilibra e cai. Então ela rola sobre o seu corpo e só vai parar dezenas de centímetros lá atrás.

Nessa hora a câmera o filmava bem de perto, as asas no chão, as pernas no ar, e a gente via o trabalho danado que o besouro rola-bosta tinha de fazer para pôr-se novamente em pé, recuperar a bolota e continuar o seu caminho.

Uma tarde recebi a ligação de um advogado de Santos. Lívia fora presa na África e deportada para o Brasil. A história era longa. Ele iria me passar apenas os dados mais relevantes e a própria Lívia me contaria o resto. Os dados mais relevantes eram: o endereço da penitenciária, os dias e os horários abertos à visitação.

Desci no meio da semana.

Fui encontrá-la na sala de visitas da carceragem feminina, no terceiro andar de um edifício decrépito no centro da cidade. Mas, uma vez lá dentro, não tive má impressão — nem dela nem do ambiente. Pela janela via-se parte da vegetação que cobre o Monte Serrat (embora eu não visse o bondinho, tenho a impressão de tê-lo ouvido várias vezes durante a nossa conversa), e Lívia estava corada. Não lembrava nem um pouco a moça esquiva, de aspecto doentio, com quem eu me encontrara uma única vez dois anos antes.

Quando a vi, ela estava sentada do outro lado da mesa, a mão direita brincando com a pulseira de miçangas que dava a volta no pulso esquerdo. Me reconheceu de imediato e não se mostrou constrangida com a situação. Disse que estava pronta para dar todas as explicações e falar sobre tudo o que eu quisesse, mas antes queria me perguntar do menino — se ele havia piorado. Eu disse que não, achava que não. Poderia até trazê-lo da próxima vez. Ela sacudiu a cabeça e, por um instante, descobriu a orelha e um pedaço do pescoço. Preferia que não, que ele não a visse, e pediu que não lhe contasse nada: para todos os efeitos, ela continuava no exterior.

Como eu não fizesse nenhuma pergunta, depois do menino ela indagou de mim e do meu trabalho. Dei uma resposta vazia, tinha alguns projetos, mas sentia que precisava mudar alguma coisa, ainda não sabia o quê. Então, do nada, talvez para afastar o desconforto que começava a se instalar, ela irrompeu a falar de *Anna Karênina*, eu tinha lido? Era um dos livros preferidos do meu irmão, eu não sabia? Não, não sabia. "Num determinado ponto," ela disse, "Anna e Vrônski deixam a Rússia para trás e vivem meses viajando pela Europa, até que se estabelecem numa cidadezinha italiana. Vrônski, que desde criança sabia pintar e desenhar muito bem, imagina que pode tornar-se um artista". Aqui ela fez uma pausa como se quisesse chamar minha atenção: "Vrônski não é um tonto. Ele tem sensibilidade para a arte. Seu problema é que fica indeciso com relação a que estilo escolher. Uma vez que se decide, ele é capaz de imitar as características daquele estilo muito, muito bem — e todos à sua volta, inclusive Anna, porque reconhecem no trabalho de Vrônski as características de um estilo famoso, confirmam que Vrônski é um artista".

"O problema dele, diz Tolstói", Lívia fez outra pausa para se certificar de que eu a ouvia com atenção, "é que ele se inspira no estilo pronto; quer dizer, na vida já filtrada pela arte. Por alguma razão, Vrônski não consegue se inspirar diretamente na própria vida, naquilo que experimenta em seus medos, suas alegrias e também no dia a dia".

Lívia sorriu. Seria uma ironia? Não, não era. Depois de um segundo, ela continuou. "Como Vrônski se inspira no que está pronto, ele se inspira depressa demais, e depressa demais consegue fazer algo que se parece com arte, que é reconhecido por seus pares como arte." Nova pausa. Olhava para mim quando disse — "mas Vrônski não é, e não será, um artista".

Abaixou a cabeça — e com a mão direita acariciou novamente o pulso esquerdo. O que eu achei que eram miçangas era, na verdade, a tatuagem de uma pulseira de miçangas. Pensei que Lívia talvez sentisse falta de fumar. Na verdade, nem sei se ela fumava e esse detalhe não tinha a menor importância ali, naquele instante, mas se eu tivesse um cigarro, eu o ofereceria a Lívia, para que ela o acendesse, tragasse devagar e continuasse a me falar de *Anna Karênina*.

"No capítulo seguinte," ela disse, "Tolstói apresenta outro artista russo que trabalha na mesma cidadezinha italiana. Anna, Vrônski e um literato cujo nome esqueci, mas que está escrevendo um livro chamado *Os dois princípios* — lembre-se, isso é importante", ela disse — e fez um risco com a mão como se sublinhasse as palavras no ar —, "resolvem ir visitá-lo. Esse pintor, que se chama Mikhail... Não lembro se o nome é exatamente esse, mas é um bom nome", disse Lívia. "Não importa: Mikhail, que acabou de brigar com a mulher, os recebe de mau humor. Sabe que aqueles três compatriotas não passam de diletantes e não entendem nada de arte. Mas ele os recebe assim mesmo, é pobre, talvez consiga vender alguma coisa. Muito bem. Ele os conduz até o estúdio e para diante de sua última tela, que está coberta por um pano. Quando retira o pano, todos ficam em silêncio por alguns segundos e Mikhail treme de ansiedade. Treme de ansiedade", repetiu Lívia, "diante do que aqueles tolos vão dizer".

E fez uma pausa.

"Eu entendo o que acontece. Mikhail também está nu, frágil, prestes a ser despedaçado em público. Ele daria qualquer coisa para não ter que suportar aquele silêncio. Então um deles diz uma bobagem qualquer, qualquer uma das quinhentas mil bobagens que poderiam ser ditas diante daquele quadro... Mas como essa bobagem é favorável, é um elogio que o encoraja, ela parece a Mikhail de uma lucidez impressionante, e ele é tomado por um sentimento de ternura por aquele interlocutor e diz, 'sim, é verdade, é verdade'. Logo depois", continuou Lívia, "não recordo se é Vrônski ou o literato, como não tem mais nada a dizer, um deles elogia a técnica de Mikhail. Ele fica mudo. Mais um pouco de conversa vazia, de elogios equivocados, e as visitas se despedem. Mikhail fica sozinho no estúdio diante da tela recém-pintada, remoendo as bobagens que acabara de ouvir. 'Elogiaram a minha técnica', ele pensa, 'justamente a minha técnica, quando eu mesmo sei quantos defeitos ela tem. E são tantos os defeitos'" — aqui Lívia baixou o tom de voz, como se quisesse me contar um segredo — "tantos defeitos, que eles me cortam os olhos. Me cortam os olhos".

Ela se calou.

Dois guardas passaram ao lado de nossa mesa e pararam diante da janela, lançando olhares para o Monte Serrat.

Lívia recomeçou.

"Sozinho no estúdio, Mikhail começa a observar a tela e vê como o pé de um personagem no primeiro plano está mal resolvido. Ele pega o pincel, mistura novamente as cores na paleta e refaz a linha e o tom daquele pé. Depois de uns trinta minutos mergulhado no trabalho, ele se afasta, olha outra vez o conjunto e descobre uma figura no segundo plano e repara em seu rosto. Repara em como aquele rosto está no lugar certo. Não porque esteja particularmente bem realizado, mas simplesmente porque está no lugar certo. Ali não há nada a mexer. E então ele se dá conta de que o seu quadro *tem* realmente alguma coisa. Apesar de todos os defeitos que saltam aos olhos, seu quadro *tem* realmente alguma coisa — e essa coisa está lá, ele a vê, ela está em seu trabalho. E no instante seguinte Mikhail já esqueceu todas as bobagens que foram ditas a seu respeito, está entusiasmado com sua obra e sai do ateliê pisando os céus."

Lívia interrompeu a história e ficou olhando para mim.

Depois perguntou ao guarda que nos observava se eu podia ir ao bebedouro lhe trazer um copo d'água. Quando voltei, entendi que o horário de visita estava no fim, pois nas outras mesas já se levantavam para ir embora — mas Lívia fez sinal para que eu não me incomodasse com isso e deu a entender que tinha certas regalias na prisão. Pegou o copo, deu dois goles ávidos e sorriu. Um brilho de suor brotou na testa e nas maçãs do rosto. Ela juntou os cabelos num único maço atrás da cabeça e os sacudiu no ar para que o vento soprasse em sua nuca.

"Você sabe com o que é que eu trabalho, não?"

Eu disse que tinha uma ideia. O menino me adiantara algumas coisas. "Eu faço contrabando de fósseis. Compro, vendo, transporto, negocio. Claro, não é tão simples assim, mas no fundo é isso que eu faço; e, aliás, é por isso que estou presa, é bom que você saiba" — e me olhou fixamente até ter certeza de que eu acreditava no que ela dizia. "A maioria dos comerciantes são como Vrônski. Acham que montar uma bela fachada é tudo que é preciso para dar certo. Eu não. Eu me sinto, sempre me senti, vulnerável demais para confiar numa fachada. Seu irmão tinha isso. É o nosso lado Mikhail. Ele não aprendeu, não teve tempo para aprender, mas eu aprendi a lidar com a fragilidade, tive que aprender."

E Lívia se pôs a contar, com rodeios e repetições mas sem escaramuças, a história da sua vida: as brigas com o pai, o encontro com meu irmão no círculo de leituras de Dárcio Marcondes, na AHU, em Santos, o emprego que ela arrumou na loja dos gregos quando finalmente resolveu sair de casa e como, no espaço de poucos meses, ela compreendeu o que era a liberdade, até que ponto o mundo odiava aqueles que se aproximavam dela, como funcionavam as coisas na real e o que ela precisava fazer para se virar e se defender.

Então voltou a Tolstói.

"Há mais uma coisa que preciso lhe dizer. Na África, conheci uma cidade em que, bem em frente à entrada principal do cemitério, instalaram uma grande concessionária de automóveis. No começo, aquilo me perturbou. Afinal de contas, eu tenho um grande respeito pelos mortos, é deles que tiro meu sustento. Mas depois entendi. Os próprios africanos me fizeram entender. Isso não tem a menor importância. Por mais prosaica que seja a realidade, a vida interior dos órgãos continua a existir. Eu entendi. Seu irmão, não. Foi isso que Tolstói quis dizer quando escreveu: 'Mas Liévin não se deu um tiro na cabeça, não se suicidou e continuou a viver'."

Fiquei desconcertado — a menção ao suicídio se referia explicitamente ao meu irmão?

Ela viu que eu estava perdido e, para me tranquilizar, disse, "Toda história que se ouve é feita do eco de outras histórias. Mas nem por isso é menos verdadeira". E repetiu: "Não se deu um tiro na cabeça, não se suicidou e continuou a viver".

Saí de lá absolutamente transtornado e feliz.

Como era possível que uma contrabandista trancafiada na prisão me falasse com tanta propriedade de um romance como *Anna Karênina*? Além disso, onde eu estivera durante aqueles anos todos? Eu não sabia nada de minha cidade — e Lívia, de maneira atropelada, me fez um apanhado cheio de detalhes do período em que, logo após a cassação do prefeito, a cidade ficou meses à espera de um interventor que não chegava nunca.

Por causa do porto, toda a Baixada Santista fora declarada "zona de segurança nacional", e nenhuma autoridade local aprovava ou desaprovava nada com medo de futuras punições. Assim, sem que se saiba muito bem de onde partiu a iniciativa (uns diziam que foi gente do Partido; outros, que foram grupos independentes que resistiam nos sindicatos; a própria Lívia achava que era coisa dos estudantes), começaram a brotar nos salões envidraçados da Associação Humanitária Universal de Santos — antiquíssimo grêmio mutualista com sede na praça José Bonifácio, quase em diagonal com o teatro Coliseu — uma série de cursos, para dizer o mínimo, bastante curiosos.

Um pianista que aportara na cidade na década de 50 e tocava sete noites por semana nos *dancings* da rua General

Câmara, apresentando-se com o nome de El Fabuloso Robledo, se ofereceu para dar um curso de "Introdução às Sonoridades Contemporâneas", combinando música clássica, o som das big bands americanas e as últimas invenções da Escola de Darmstadt. O fiorentino Rissoni — tão pobre que, para poder pintar, dissolvia na água morna folhas de papel de seda colorido — descobriu que podia ganhar uns trocados com um curso de "Apreciação da Pintura e da Escultura Modernas". Para se contrapôr às aulas de História do Brasil, ministradas na União Cultural Brasil-Estados Unidos e que faziam então muito sucesso, a viúva de um sindicalista começou a dar um curso de economia para mulheres que era, no fundo, uma versão simplificada, de fácil aplicação, da teoria marxista. Patrícia Galvão, que publicava artigos no jornal, percebeu a brecha e passou a incentivar os artistas da cidade a escrever, pintar, compor e montar peças de teatro com as quais ninguém jamais sonhara. Depois, podia ser vista quase todas as noites bebendo e discutindo nos bares do Gonzaga.

O grosso da movimentação acontecia no auditório da AHU em torno do piano de cauda que fora de Antonieta Rudge. Ali os talentos do Conservatório Aymoré do Brasil e os jovens pianistas que brilhavam nos recitais do Clube Tumiaru foram introduzidos ao *Quarteto de Cordas* de Schoenberg, com direito a comentários de Almeida Prado. Ali também, no intervalo das apresentações, o poeta Dárcio Marcondes ensaiava os experimentos vocais que por pouco não revolucionaram a poesia contemporânea.

Daquele auditório no centro da cidade, o fermento se espalhou para o quarteirão, transbordou pelos bares do entorno, irrompeu em algumas escolas, chegou a alcançar o palco do Cine Teatro Independência, na quadra da praia, e até mesmo algumas casas onde "o lance de dados da vanguarda santista" — palavras de Lívia — foi acolhido por uma burguesia aberta, até certo ponto, a experimentações.

Assim, durante oito ou nove meses, todos os focos de inquietação que, logo após o golpe militar, haviam se congelado ganharam novo impulso e a cidade conheceu um florescimento cultural sem precedentes. Foi em meio a esse surto criativo que Lívia e meu irmão se conheceram, no sofá da secretaria da Associação Humanitária Universal, turbinados pela atmosfera das aulas e dos concertos, sob a pressão dos acontecimentos políticos.

Ambos buscavam uma vaga no curso de Robledo, mas em vez disso acabaram se inscrevendo no "Círculo de Leituras de Poemas", orientado por Dárcio Marcondes, e nas aulas de "Iniciação à Paleontologia", da doutora Anna Weiss.

Completamente fascinado pelas ideias de Marcondes, meu irmão logo abandonou suas outras atividades para se dedicar exclusivamente à poesia, ao passo que ela, Lívia, deixou de lado os encontros com o poeta — que lhe pareceu um tanto sectário, embora fosse um grande personagem, disse ela — para se concentrar nas aulas de Weiss. Estava iniciando o segundo módulo de "Métodos de Investigação Científica" quando o general Bandeira Brasil desembarcou na cidade e, com ele, um conjunto de medidas autoritárias que pôs fim ao breve sopro da primavera santista.

O desmantelamento da AHU, com a prisão de sua diretoria e a extinção dos cursos, significou um atraso irrecuperável na vida da cidade. Porém, para os mais novos (é o que depreendi do relato de Lívia, que vim rememorando na subida da Serra), as consequências foram ainda mais duras — passageiros de um trem em alta velocidade, de uma hora para outra sentiram uma força muito poderosa arrancar os trilhos do solo: cada um se viu sozinho no meio das ferragens, tendo que salvar a pele e, no máximo, a bagagem de mão.

Para Lívia e meu irmão, o desastre foi ainda pior, pois coincidiu com as semanas que antecederam a mudança de nossa família para São Paulo.

Peguei a estrada em silêncio, trespassado pela frase de Tolstói — *me cortam os olhos, me cortam os olhos...* Vinha observando alternadamente os paredões de pedra da Anchieta (e imaginando o que a mão, as máquinas e os explosivos tinham sido capazes de arrancar à montanha para construir *aquela pista, naquele ângulo*) e as faixas brancas no asfalto — quando o carro entrou no túnel.

E pela primeira vez aquele túnel que eu já percorrera centenas de vezes não me pareceu um espaço morto nem vazio. Pela primeira vez senti meu corpo enquanto guiava, senti minhas costas firmemente escoradas no banco, e o próprio carro, com as rodas coladas ao chão, cumpria (como se fosse uma delicada operação de balística) uma trajetória que acompanhava perfeitamente o movimento abaulado das paredes. A iluminação precária que alternava intervalos de luz e sombra me lembrou o ritmo calmo da respiração de um grande animal.

Sozinho, as duas mãos sobre o volante, inteiramente concentrado e ao mesmo tempo inteiramente absorto, pela primeira vez na vida eu me senti livre, dentro do carro, dentro do túnel — e saudei o verde que surgiu lá fora numa rajada de vento.

Com Lívia na prisão, abriu-se uma janela na minha vida. Agora eu teria com quem conversar seriamente sobre o menino e podia voltar a traçar planos para a minha vida e a dele, em separado. No escritório, passei em revista todos os projetos; enxerguei claramente aqueles nos quais eu estava apenas "cumprindo tabela" e aqueles em que queria correr riscos e inventar.

Temi apenas por minha relação com o menino.

Por um lado, eu me sentia mais leve ao imaginar que Lívia provavelmente o levaria consigo quando saísse da prisão. Por outro, me atormentava não poder lhe contar que sua mãe, que ele acreditava estar em outro continente, estava na verdade a setenta quilômetros de distância, atrás das grades.

Escapar dos clichês para os quais a profissão me empurrava — a profissão, mas também uma dose própria, autossuficiente, de acomodações — tornou-se para mim a obsessão daquelas semanas em que, sempre correndo entre a casa, o escritório, os cuidados com minha mãe, o menino e as visitas a Lívia na prisão, eu procurava dar conta de todas as demandas e, ainda por cima, abrir espaço para alguma coisa nova que eu não sabia bem o que era.

Lívia me recebeu sentada no mesmo lugar, mas antes que eu pudesse trazer à baila o nome do menino encontrou um jeito de retomar a conversa no ponto em que a havíamos deixado na entrevista anterior e quis me explicar por que preferia os ossos às obras de arte.

Ela estava convencida de que os ossos já haviam passado pela "grande explosão". Cada osso era um sobrevivente. Podia ser desenterrado, trazido à superfície, analisado ao microscópio, fotografado e exposto numa vitrine. Cada osso revelado era uma contribuição ao conhecimento. Por isso ela negociava ossos. A arte, não. A arte ainda iria conhecer muitas explosões; ainda iria perecer e ressurgir muitas vezes até atingir o estágio de sobrevivência do cosmos, que é o estágio do osso.

"Seu irmão intuía tudo isso, mas tinha um lado demasiado artista. Precisou acertar contas com ele — e essa foi a sua perdição." E então ela mesma dirigiu a conversa para o mundo dos negócios, explicou como funcionavam os preços no mercado internacional de fósseis, como variavam não só conforme a origem mas também de acordo com a destinação da peça, se era para coleção pública ou privada, exposição permanente ou temporária, se iria para a América do Norte e Europa ou para a Ásia e o Oriente Médio.

Depois, como eu mostrasse interesse pelo assunto, contou como ela havia entrado no ramo.

Num canto do escritório montei uma bancada com limas, serras, alicates e furadeira. Juntei rolos de arame, chapas de ferro, de flandres e de off-set, papel paraná, vários tipos de cola, pedaços de tábuas e compensados — e voltei a construir maquetes como no tempo de faculdade.

Retomei o hábito de andar pela cidade com caderninhos de desenho no bolso e aos sábados de manhã saía em exploração pelas ruas de Pinheiros, Lapa, Osasco e Butantã. Além de levantar o preço dos materiais que me interessavam, eu observava o movimento das lojas, o ir e vir das pessoas, e acabava projetando uma praça, um pontilhão, em lugares para os quais ninguém havia me pedido para projetar nada.

De volta à bancada, eu deixava o lápis de lado e tentava encontrar a forma diretamente a partir dos materiais. Se era preciso colar, eu colava; se era preciso rebitar, rebitava — não me importava nem um pouco a natureza do acabamento. O que eu precisava era dar forma rapidamente àquilo que não passava de uma névoa, de uma suspeita.

"Quando seu sobrinho nasceu, depois da morte do seu irmão, comecei a trabalhar na Creta Stores, a loja de uns gregos, perto do Armazém 5, no porto. A loja vendia badulaques para turistas: pratos de borboleta, cristal de rocha, muita ametista, esse tipo de coisa — mas de vez em quando trabalhava com alguma coisa diferente, que não diziam o que era. Cheguei a pensar que fosse cocaína ou algo assim. Depois percebi que não. Era algo mais simples e mais genial. Eles tinham um esquema bem azeitado de exportação de fósseis. Às vezes o esquema ficava adormecido por uns meses, depois voltava à ativa — e sempre dava lucro, pois aqui no Brasil, naquela época, se comprava osso por uma bagatela. Depois começaram a fiscalizar as jazidas, o mercado foi ficando mais exigente — já não engolia meia dúzia de ossos, mas queria o esqueleto inteiro, articulado — e eles começaram a ter problemas para atender a demanda.

Foi aí que eu entrei. Tinha feito o curso de Paleontologia, estava por dentro da produção acadêmica. Tudo isso ajuda. As publicações, os congressos. Por um tempo, cheguei a pensar em fazer mestrado e tentar a universidade, mas depois vi que não dava. Sou egoísta demais para ensinar, e o comércio, se você quiser levar a sério, é uma atividade que te consome, te deixa ligada 24 horas por dia. Eu jamais ia encontrar tempo para ficar só na sala de aula ou no laboratório. Mas gosto muito de conversar com esse pessoal. Os gregos não entendiam isso. Para eles, comércio é comércio e ponto final. Achavam que as viagens que eu inventava eram bobagens desnecessárias, mas enquanto eles vendiam uma peça por 500, eu, com um pouquinho de estudo, conseguia vender por 5.000."

"Por quanto tempo você ficou com eles?"

"Trabalhei exclusivamente para os gregos uns dez anos. Quando um dos sócios morreu, pensei que ia ser chamada para entrar no negócio em partes iguais, mas isso não aconteceu. Insisti, discuti, mas não teve jeito. Então propuseram um acordo: eu continuaria trabalhando para eles, mas tinha liberdade para abrir a minha própria linha de negócios, desde que não interferisse com o que eles já vinham fazendo. Tudo bem. Eu aceitei. E, por alguns anos, a coisa foi mais fácil do que eu imaginava — *fácil* é um modo de dizer, pois eu tinha que viajar feito louca."

"Foi aí que você me procurou?"

"Não. Isso foi depois. Nessa época acho que o menino não tinha nem doze anos, deixei ele com o velho, meu pai; minha mãe já tinha morrido" — esse era o momento para descobrir se as histórias que o menino contava tinham algum fundo de verdade, mas perdi a deixa e depois não tive coragem para interrompê-la.

"Para os gregos eu fazia o circuito do interior do Brasil: Chapada Diamantina, norte de Goiás, sertão do Ceará e da Bahia. De vez em quando alguma coisa no Rio Grande do Sul. Paralelamente, aproveitava para expandir os contatos. Fui até o Uruguai. Conheci o altiplano da Bolívia, a costa peruana — mas esse é um outro mercado, não dá nem para comparar. Não quis me meter.

Eu tinha a vantagem de ser mulher e desconhecida. Achavam que devia ter alguém mais forte bancando a operação e me davam cobertura para descobrir quem é que estava por trás. Mas não havia ninguém por trás, com exceção dos gregos, é claro, que bancavam só parte das operações e eram pequenos nesse mercado. Ninguém dava muita bola para eles. Por isso, no começo, todos me ajudaram. Queriam entender quem era o mandante, quem iria aparecer da próxima vez. Só que não havia próxima vez. Eu trabalhava em zigue-zague e preferia não embarcar uma peça se tivesse que repetir a mesma rota duas vezes. Isso é outra coisa que os gregos nunca entenderam. Para eles, eu fazia os pagamentos de sempre e mantinha o esquema convencional, sem me expor muito. Para as minhas próprias transações, eu inventava — foi aí que comecei a viajar de verdade."

Aqui ela fez uma pausa. Depois acrescentou, como se quisesse me dar um conselho, "Nesse ramo não se pode operar sempre da mesma forma, senão você acaba ficando refém dos outros e, depois de um tempo, você não trabalha mais para você, mas simplesmente para pagar e sustentar o esquema. Não que isso seja necessariamente ruim, mas não é o que eu gostaria de fazer o resto da vida".

"E o que é que você gostaria de fazer?"

Lívia não deu atenção a minha pergunta e começou a falar do escritório do Dr. Krantz, em Bonn, no século XIX. Segundo ela, não existe um museu de Arqueologia, Mineralogia ou Paleontologia no mundo que não tenha começado sua coleção com o kit de peças do Dr. Krantz. O Museu de Geologia Valdemar Lefèvre, no Parque da Água Branca, em São Paulo, tem uma coleção do Dr. Krantz. O Museu de História Natural do Jardin des Plantes, em Paris, tem uma coleção do Dr. Krantz. Ele mantinha colaboradores em todos os continentes. Gente na Patagônia, no Alasca, em Sumatra e por aí vai. No escritório da Alemanha, ele recebia as peças, catalogava, montava as amostras, imprimia as etiquetas e fabricava as vitrines e os armários expositivos. Depois oferecia para as instituições o kit completo, com as amostras de rochas, minérios e também de fósseis, todas organizadas e embaladas, prontas para exposição.

"O que eu fiz não foi exatamente isso, mas foi inspirado nele. Eu estudei os acervos dos principais museus e coleções particulares, via o que é que estava faltando naquela coleção e oferecia uma peça, ou um conjunto de peças, que faria quase dobrar o valor do acervo. Com isso, fiquei amiga de vários diretores de museus. Na Alemanha, fui recebida com um jantar pela Dra. Eva Köppel, do Romanische--Germanische Museum, de Mainz. Que eu saiba, da América do Sul, só eu e a minha professora fomos recebidas assim, mas ela se deu muito mal..."

E Lívia enveredou pela história tragicômica da Dra. Weiss, que não quero reproduzir neste momento. Quando deu uma brecha, pedi que voltasse a me falar de seu trabalho. Ela ainda fez alguns comentários sobre sua antiga professora e depois engatou outra vez no relato.

"Tudo começou a dar tão certo que eu percebi que em pouco tempo ia faturar pelo menos três vezes mais do que os gregos. Se eu trabalhasse só para mim, sem interrupção, por uns quatro ou cinco anos, a minha vida financeira estaria resolvida — daí eu poderia cuidar de outras coisas. Foi aí que precisei deixar o menino com você."

Não fiz nenhum comentário.

"E tudo continuou a dar certo — até que eu avisei os gregos que ia parar por um tempo e me mandei para a África. Tinha lido um *paper* sobre umas escavações sendo feitas perto de Bubaque, no arquipélago dos Bigajós, na costa da Guiné-Bissau. Achei que devia saber mais a respeito e fui. Chegando lá, estouraram umas bolhas de pus nas minhas costas e na barriga. Um inferno. Saí da pensão onde estava hospedada e me mudei para a casa da moça que limpava os quartos, para que ela cuidasse de mim. Foi ideia dela. Eu estava tão fraca que aceitei. E foi bom. Só então eu me dei conta de como estava cansada; de como precisava escapar daquela correria insana em que tinha me metido. Há quanto tempo eu não era bem cuidada! Morando na casa dela, eu comecei a entender como funcionava a vida de verdade e me apaixonei pela moça, pelos amigos dela, a sua família."

"Foi lá que fiz essa tatuagem" — e levantou o punho esquerdo para que eu admirasse. À primeira vista, parecia o desenho de uma lagartixa estilizada; depois, reparando melhor, percebi que não havia nenhuma figura representada, mas apenas um encadeamento de pequenas séries geométricas.

"Me apaixonei pelas pessoas, pelas coisas, pelos tecidos. Pelas mulheres e por tudo o que elas faziam: o jeito como cozinhavam, como se deitavam para dormir, como agradeciam um presente dançando. Pensei em largar tudo e me estabelecer de vez em Bubaque. Eu queria ficar, ficar definitivamente e não fazer nada além do que faziam aquelas mulheres: acordar, trabalhar, rir muito — ser uma delas.

Mas quatro meses depois o dinheiro que eu tinha levado acabou e precisei ir a Bissau. Não foi nada premeditado. No meio da travessia me deu uma vontade louca de tomar o primeiro avião para o Brasil, pegar meu filho com você" — aqui ela abaixou um pouco a voz e me encarou por uns segundos — "e convencê-lo a voltar para a África comigo".

Fez outra pausa.

"Avisei minha amiga que ia ver umas coisas no Senegal e fiz a bobagem de enviar um cabo para os gregos, informando meu paradeiro. Quando cheguei no hotel em Dakar, encontrei uma mensagem deles. Propunham um último negócio. Fácil. Grande. Eu já estava na África. Bastava atrasar o retorno em dez dias e fazer uma escala em Lisboa que íamos todos ganhar uma bolada. Depois disso, prometiam, era cada um por si.

E eu caí na armadilha."

Lívia foi presa no hotel quando se preparava para ir ao aeroporto. Passou maus bocados nos 45 dias em que esteve na gaiola e, aqui no Brasil, os gregos fingiam que não tinham nada a ver com isso e ainda queriam que ela devolvesse o dinheiro investido.

"Estou meio enrascada", admitiu sorrindo. Mas acrescentou que tinha um bom advogado e pediu que eu voltasse a visitá-la sem falta nos próximos dias. Ao me despedir, meus olhos caíram uma última vez sobre a pulseira tatuada no seu pulso — parecia uma cobrinha.

Conforme eu dobrava uma chapa de zinco e esta ia aos poucos ganhando volume, eu podia ver uma face interna tornar-se externa, o obstáculo virar zona de passagem — e vice-versa. Embora tudo fosse geometricamente medido, me alegrava perceber que, quando trabalhava diretamente na bancada, eu não tinha controle algum sobre aquela geometria, tal a quantidade de ângulos, de cortes, de entradas que ela me proporcionava.

Meus trabalhos como arquiteto, por mais inventivos que fossem, pareciam separados da vida real da cidade por uma barreira quase intransponível — ao passo que os esforços que eu realizava de forma anônima na bancada do escritório, esforços que não tinham outro fim a não ser a sua própria experimentação, esses, eu tinha certeza, faziam parte do trabalho comum da cidade.

Bastava passar duas ou três horas cortando, abrindo ou dobrando uma placa de zinco, que, ao sair à rua, eu logo reconhecia na conformação de uma esquina, no alinhamento de uma calçada, uma força afim àquela que eu havia exercido sobre a chapa de metal. Mas, se se tratava de uma força da mesma natureza, como passar da escala de bancada para a escala real, coletiva, da cidade?

Quinze dias depois dei um jeito de descer novamente no meio da semana. Lívia apareceu com um machucado no canto da boca. Disse que a ferida tinha surgido "do nada" e que "vida de prisão é assim mesmo". Por isso precisava conversar comigo. Tinha me contado tudo nos encontros anteriores, agora tinha uma proposta a me fazer. Percebi que tentava ser cuidadosa e sorrir, mas o canto da boca em carne viva conferia um ar estranho a todo o rosto. O lábio superior imóvel, com um meio sorriso congelado, lhe dava um tom de indiferença e desprezo — e enquanto ela falava e me expunha a proposta mirabolante de seu advogado, eu não sabia se, no fundo, Lívia zombava de mim ou não.

Dessa vez a sala me pareceu inamistosa e tive a sensação bastante óbvia, mas que antes me passara despercebida, de ser intensamente vigiado. Lívia começou narrando pormenores do processo, citou duas contas bancárias no exterior (que estava com problemas para movimentar), me deu uma noção precisa da totalidade de suas economias, bem superiores às minhas, e elencou uma série de operações que precisaria fazer para regularizar sua situação junto à Receita. Depois — esperou que o guarda se afastasse alguns metros — me olhou diretamente nos olhos e perguntou se eu estava disposto a me casar com ela.

Minha mãe não se lembrava do Réveillon de 1948.

Depois, cruzando as cartas que ela guardava no fundo do armário e um álbum de fotografias com legendas anotadas em italiano, descobri que ela e os pais haviam embarcado para a Itália em outubro de 47. Iam vender a casa que tinham deixado para trás durante a guerra, procurar amigos e parentes, trazer o resto da família para o Brasil.

Foi uma das primas, que só conheci por ocasião da morte de minha mãe, que me contou passagens de sua vida durante aquele inverno na Itália. Na primeira noite em que se viram, minha mãe teve uma crise de nervos e se recusou a sair à rua quando percebeu que trouxera os mesmos vestidos bem cortados com que dançava nas *soirées* do Grande Hotel, em Santos, ao passo que suas amigas usavam roupas pesadas, quase imundas, feitas com restos de cobertores americanos.

Quatro ou cinco dias depois teve nova crise. Distribuía remédios e sabonetes num hospital de Grosseto quando, de um momento para outro, não suportou mais os tocos de braço e perna acenando em sua direção, o lençol purulento que tinha de ser trocado, a ferida que tinha de fechar e não fechava — e desabou no chão num choro convulsivo.

Dez dias depois, por desencargo de consciência, liguei para o advogado de Lívia. Queria entender todas as implicações de minha resposta, fosse ela qual fosse. Na conversação breve e um tanto cínica que se seguiu, entendi que a proposta de casamento não estava mais em pauta: Lívia já lhe dera instruções para seguir outra linha de defesa.

Pelo jeito ela sabia o que estava fazendo, pois menos de dois meses depois as acusações foram consideradas improcedentes, o caso encerrado — e Lívia voou para o exterior sem deixar sequer uma nota de adeus.

No aniversário de minha mãe, o menino quis lhe dar de presente um mapa da Itália. Depois do almoço, abrimos o mapa sobre a mesa da cozinha e começamos a puxar por nomes em sua memória. Meu sobrinho tentou a estrada que vai de Viareggio a Bologna, passando por Massarosa, Lucca, Porcari, Pistoia, Porretta, Vergato e Marzabotto — mas ela não fez nenhum comentário. Eu tentei um desvio que partia de Lucca, passava por Borgo a Mozzano, Bagni di Lucca, Abetone, Fiumalbo, Pievepelago, Sestola, La Santona — mas nada. Então ele tentou mais ao sul, perto de Livorno: Ardenza, Antignano, Montenero, Gabbro, Collesalvetti, Vicarello — e nada. Foi aí que começamos os dois a disparar a esmo: Migliarino, Gombo, Grossetto, Pietrasanta, Seravezza, Gallicano, Garfagnana, Barga, Roccastrada, Rugginosa, Pitiglianno, Scarlino, Zocca, Prunetta, Guiglia, Vignola.

"Zocca, Zocca", disse minha mãe — e assentiu com a cabeça.

Eu tinha alguns projetos no interior e, sempre que podia, levava o menino comigo. Na volta aproveitávamos para rodar por estradinhas vicinais na entrada de São Paulo. Eu gostava de ver como a cidade acabava aos trancos, de maneira improvisada — ou então não acabava nunca e se prolongava numa zona indefinida, clandestina, avessa a toda nomenclatura.

O que me chamava a atenção não era tanto a passagem abrupta do asfalto para a rua de terra, mas sim a desorganização do traçado que podia ocorrer numa fração de segundos dentro da mesma zona, do mesmo bairro. Era como se eu pudesse assistir *in loco* à decomposição de um tecido e à sua reconstituição, sob outra forma, sem ordem nem planejamento aparentes.

Mais ou menos por essa época o menino adquiriu um costume inquietante: entrava no meu quarto de manhã cedo, com um caderno do jornal na mão, e antes que eu pudesse sequer me virar debaixo das cobertas, ele se punha a ler em voz alta (como se tivessem sido escritos especialmente para mim) uma série de anúncios bizarros, que só muito remotamente poderiam interessar a um arquiteto. Eram anúncios de todo tipo, desde uma "sala de 12 m^2 para alugar em edifício comercial na Bela Vista, ideal para consultórios", até feiras de máquinas extrusoras para perfis, cabos, tubos e mangueiras.

A cena se repetiu várias vezes no período de três semanas. Entre estourar de vez ou tentar ouvir o que ele realmente dizia, fiz um esforço na segunda direção. Percebi que o menino manifestava grande curiosidade por itens industriais levados a leilão, cuja lista ele recortava e em seguida recitava em ritmo acelerado (talvez até com um quê de histeria), mas sempre com cuidado para não omitir uma sílaba.

Um desses recortes, ele fez questão que eu guardasse — e, de fato, há até bem pouco tempo eu ainda o trazia comigo.

Era do Ramo Petroquímico e oferecia

grande quantidade de tubos de condução (inox, alumínio, aço carbono), válvulas gaveta / esfera / retenção / redução / globo / reduções excêntricas / concêntricas / flanges cegas / pescoço / encaixe / orifício / válvulas T horizontais / válvulas U fêmeas / macho, joelhos, juntas, arruelas, niples curto / redução / excêntrico, tampas bornes, grampos U, parafusos sextavados / cabeça hexagonal / lentilha / redonda / estojo / porcas sextavadas

Na hora, não entendi muito bem que graça o menino enxergava nesse anúncio de peças disparatadas — mas pedi o recorte de jornal, disse que pensaria nele e o guardei na carteira.

Em dias úteis eu não tinha como ir muito longe, mas num domingo de manhã pus o menino no carro e resolvi esticar pela SP-250, atravessando Ibiúna, Piedade, Pilar do Sul. Lembro que, à medida que nos afastávamos de São Paulo, eu me sentia mais bem-disposto, conseguia respirar melhor e apreendia o espaço com interesse redobrado. É claro que as leis da oferta e da procura, a maior ou menor proximidade dos centros de consumo, a especulação com o valor da terra, tudo isso continuava a influir no processo, mas ainda assim eu conseguia enxergar, naqueles bairros e vilas afastados, os sinais de uma vida própria, independente, que não se reduzia à mera imitação da capital.

E me voltava entusiasmado para o menino, dizendo que este sim devia ser o "verdadeiro trabalho de um arquiteto": descobrir e interpretar a vida própria dos lugares.

Lembro que em Tapiraí fotografei o casarão da família Osawa. A estrutura quadrangular de madeira, datada de 1930, fora erguida à maneira japonesa, na base de encaixes, sem um único prego. O conjunto continuava de pé, porém em estado de abandono desde que fora adquirido pela prefeitura — e não pudemos entrar. Mesmo trancado, inacessível aos visitantes, não deixava de dar testemunho da força de uma cultura que, em latitude e longitude muito diversas, soubera afirmar o seu princípio construtivo.

Mas aquela mistura de austeridade e ruína não agradou ao menino, e ele pediu que voltássemos.

Eu me aferrei ao hábito de sair sempre com um caderno de desenhos no bolso e passei a frequentar o ateliê do museu Segall, na Vila Mariana. O convívio com pessoas de classes, lugares e idades diferentes me fez bem. Não havia cobrança, nem qualquer tipo de compromisso que não fosse com o desafio do próprio trabalho. E, embora eu não soubesse muito bem em que consistia esse desafio, o janelão do ateliê, o jardim desarrumado, os ruídos da ponta-seca no cobre, a sujeira do tanque e das bacias de ácido — tudo isso somado às conversas com artistas, adolescentes, estudantes, donas de casa e aposentados, cada um alimentando problemas e expectativas muito diferentes, tudo isso me fazia bem.

A essa altura, eu tinha e não tinha ilusões a respeito do meu futuro profissional. Em alguns momentos, achava que era só afundar a cabeça na água, dar umas braçadas e manter o ritmo, que logo pisaria em terra firme e meus projetos voltariam a ser requisitados. Mas depois daqueles encontros com Lívia, já não estava tão certo de que isso iria ocorrer.

E nem de que fosse tão desejável.

Ser um dos arquitetos da moda — para fazer o quê?

Me parecia tão pouco o que um arquiteto era realmente capaz de fazer por uma cidade. Os eixos de crescimento e os aportes em infraestrutura eram todos ditados pelo interesse das construtoras, incorporadoras e imobiliárias. É claro que havia gente bem-intencionada no meio, mas não em cargos e em número suficientes para estancar a sangria.

Depois de acompanhar de perto os trâmites de um projeto meu junto à Secretaria de Obras, entendi que a corrupção na boca do caixa não é um fato isolado, nem se deve a uma vontade de complementação salarial. Propina, como Lívia bem sabia, é sistema. Além de oferecer recompensas e garantias, ela funciona como uma reserva de mercado. Os valores são estabelecidos de tal maneira que, graças a ela, só os grandes incorporadores têm seus projetos aprovados em velocidade de mercado. Os demais que esperem na fila um, dois, três, cinco anos.

E como para quem dispõe de recursos fartos é muito mais fácil infringir a lei e depois pagar a multa do que se limitar, desde o princípio, a uma legislação comum, a cidade que cresce a todo vapor é quase sempre uma cidade de exceção — e o trabalho do arquiteto, pouco mais que uma impostura.

Então eu metia na cabeça que, para ganhar dinheiro de verdade, precisava mudar o meu entendimento das coisas. O arquiteto profissional liberal com queda para as artes tinha cada vez menos voz nas negociações com clientes endinheirados e certamente nenhum poder de fogo junto às construtoras. Com raríssimas exceções, estávamos virando carta fora do baralho. O que eu tinha de fazer era tornar-me sócio de algum empreendimento: se eu encontrasse o terreno certo, se arranjasse investidores dispostos, se eles encampassem o meu projeto — mas eram tantos *ses* que eu acabava desanimando e, para ganhar fôlego, saía com meu caderno para desenhar pelas ruas.

Num sábado de manhã, me refugiei do sol na igrejinha de Pinheiros. Seu gótico pobre e cafona combinou com meu espírito. A que mais eu podia aspirar? A igreja limpa e fresca contrastava com a atmosfera apodrecida do Largo da Batata. Tinha estátuas de porcelana e um halo de neon sobre a cabeça da Virgem do Monte Serrat. Reparei que o azul infantil do altar de São Cristóvão, com florestas e cascatas pintadas na parede, lembrava o azul da Ponta da Praia. Nesse instante a atmosfera de água-marinha do interior da igreja me pareceu ainda mais excepcional diante do tumulto do Largo — e resolvi que no dia seguinte levaria a mãe e o menino para comer num restaurante à beira-mar.

A palava *maremma*, que volta e meia surgia nas conversas de minha mãe, evocou para mim, desde criança, o movimento das marés, uma canção de ninar, um tipo de sopa italiana. Só muito mais tarde entendi que *maremma* era um termo da Geografia e designava, na realidade, uma planície pantanosa que se estende de Roma à Ligúria, cujas terras são, em sua maior parte, impróprias para o cultivo.

Na boca de minha mãe, entretanto, a palavra parecia aludir a um lugar sempre vago, uma espécie de várzea fora do espaço e do tempo que, à falta de outros dados, acabei associando à cidade de Santos antes das reformas de saneamento levadas a cabo por Saturnino de Brito no começo do século XX — um lugar difícil, onde os sapatos se perdiam na lama e as plantas, repletas de espinhos, rasgavam as canelas enquanto as mutucas entravam pelos olhos e pelos ouvidos.

Que os pântanos da *maremma*, em torno de Grosseto, pudessem estar associados à vida de minha mãe, à sua tristeza — isso só vim a descobrir muito depois.

Tinha neblina no Alto da Serra.

Por um momento cheguei a me perguntar se não seria melhor pegar a alça de retorno e voltar para São Paulo — mas o menino estava tão animado com a perspectiva de almoçar na Ponta da Praia que decidi não abrir mão do passeio e mergulhei, temeroso e feliz, na massa úmida de neblina.

Pouco depois um rasgo azul abriu o nevoeiro e, duas centenas de metros abaixo, as nuvens se dissiparam por completo. Uma curva despejou dentro do carro a visão da baixada, com seus rios, mangues, trilhos, um pontilhão de pedestres, o labirinto de canos da Cosipa, uma vila bastante precária e pequenas elevações que podiam esconder sambaquis pré-históricos. Lá na ponta, o litoral feito em pedaços, cortado, recortado e montado outra vez com fatias de Vicente de Carvalho, Guarujá, Santos, São Vicente e Praia Grande — cacos de cidades ligadas e desligadas ao sabor dos acidentes geográficos.

Diante da visão, a conversa dentro do carro ganhou volume, e até minha mãe, que parecia sonolenta naquela manhã, agitou-se no banco e deu mostras de estar atenta à paisagem.

Na Ponta da Praia, a novidade eram dois restaurantes recém-construídos que avançavam seus deques de madeira sobre o mar. O primeiro estava lotado. No segundo, sem música, uma família com cinco crianças terminava a refeição. Ficamos quinze ou vinte minutos à espera do garçom, enquanto o vento sacudia as pontas da toalha, arrastando pelo chão casquinhas de camarão frito e guardanapos de papel.

Pedi uma porção de peixe.

Notei que minha mãe não tirava os olhos das pedras empilhadas à beira-mar. O menino, meio corpo debruçado na balaustrada do deque, se entretinha com o movimento dos barcos que iam e vinham entre o píer, a Pouca Farinha, o Góes, a Ilha das Palmas. Tentei puxar conversa com minha mãe uma, duas, três vezes, sem sucesso — até que também comecei a achar interessantes aquelas pedras.

Primeiro, imaginei que tivessem sido lançadas do mar por um cortejo de barcaças em movimento. Depois corrigi minha imaginação: o mais provável é que tivessem sido despejadas das caçambas de caminhões e empilhadas na areia, rente à água, enquanto se construía o calçadão. Até a Segunda Guerra todos aqueles terrenos eram ocupados por chácaras de japoneses que, depois de Pearl Harbor, foram expulsos de seus lotes. Com a edificação da orla, as pedras extraídas do interior da ilha foram empilhadas na beira-mar para proteger a cidade contra os golpes de ressacas e marés. Dava para ver que tinham caído e se acomodado de maneira aleatória, formando encaixes muito particulares: não uma face justaposta a outra, como num muro solidamente assentado por um canteiro — mas quina com quina, aresta contra aresta.

Comemos o peixe.

Pedi uma porção de fritas, três copos de água de coco — e fiquei em silêncio: minha mãe estava realmente estranha. Talvez fosse o desconforto de pisar um chão de madeira suspenso dois ou três metros acima do mar. Perguntei se ela gostaria de mudar de mesa, de sentar-se mais atrás, em terra firme — e ela, que nos últimos tempos tinha tão pouca autoridade, me respondeu com um gesto duro, exigindo silêncio. Não queria ser distraída. O menino se ergueu com dificuldade e foi explorar o deque de uma ponta a outra. Enquanto as fritas não chegavam, resolvi descer até o calçadão e me aproximar da rampa de pedra que era usada para baixar pequenos barcos até a água.

Uma ondinha fraca cobriu algumas pedras e sumiu, borbulhando, nos buracos. Deixou atrás de si um rastro brilhante, logo ocupado por um batalhão de baratinhas d'água. Mas bastou eu passar o peso do corpo de uma perna para outra, que elas sumiram como por milagre entre as frestas. Então reparei nas cracas. Pareciam craterinhas de vulcão e, não sei por quê, me lembrei das fotografias da Lua com sua areia cinza-claro, riscada de cicatrizes. Mais abaixo, me surpreendi ao encontrar fiapos verdes ondulando conforme a entrada e a saída da água — então ainda havia vida por ali. Ainda havia oxigênio e clorofila e nutrientes o bastante para que brotassem algas naquele mar pesado, oleoso.

Virei a cabeça de lado para aproximar o ouvido — queria escutar melhor a mistura dos sons, aquele encontro tumultuado de pedra e água — e prendi a respiração. Num primeiro anel, giravam as buzinas e os motores dos automóveis que passavam na avenida; a música de um rádio apoiado na mureta da praia. Atravessando esse anel havia outro, com pássaros, uma brecada, o assovio deslocado de um amolador de facas e uma conversa interminável junto ao carrinho de churros. Abaixo disso, havia o choque-choque morno das marolas, quebrado vez ou outra por uma rebentação mais forte, na esteira de uma lancha. Mais abaixo, o borbulhar contínuo da água salgada, entrando e saindo dos buracos entre as pedras. E, mais fundo ainda, por baixo de todos esses sons, num último aro feito de micro-alto-falantes e tentáculos e membranas, colada nas pedras, abaixo da linha d'água, produzindo um rumor incessante de guizos — a respiração afiada dos mariscos.

De repente me veio uma ideia tonta e, tomado por um entusiasmo inexplicável, virei-me para os dois e gritei, "Que tal atravessarmos para o Guarujá?"

Acertei a conta no restaurante e insisti para que caminhássemos até o porto das balsas. Quando o alcançamos, uma delas estava pronta para partir. Daria tempo de subir a bordo, mas achei arriscado correr com a mãe e com o menino — e ficamos na plataforma, observando as lentas manobras do barco lotado de automóveis.

De repente, minha mãe deixou escapar um grito. O tripulante encarregado de desamarrar a corda que prendia a balsa ao atracadouro se distraiu conversando com o rapaz que entrara por último, de bicicleta — e a embarcação se afastava com uma das cordas ainda presa. Houve um tranco. O piso da plataforma estremeceu. Outras pessoas gritaram, mas o comandante provavelmente não ouviu e, em vez de desligar os motores, acelerou.

Um jorro de borbulhas verde-claro irrompeu na superfície como se um gancho muito poderoso revolvesse a areia do fundo do canal e, por uma fração de segundos, o mar, naquele trecho junto à balsa, pareceu raso, pareceu que qualquer pessoa podia cruzá-lo a pé (e me lembrei das travessias de balsa que tinha feito em criança) — até que a corda zuniu, retesou e, num estouro, rebentou em duas.

Uma das pontas voltou numa chicotada violenta contra o casco da embarcação e caiu na água. O tripulante soltou um palavrão, recolheu o toco de corda molhada e continuou a conversa com o rapaz da bicicleta.

Mas minha mãe não quis entrar na balsa — apesar dos apelos do menino, apesar da minha insistência (agora eu precisava a todo custo atravessar aquele canal), minha mãe não queria embarcar.

Voltamos calados pelo calçadão.

À esquerda, precedido por um rebocador, entrava na barra um cargueiro preto e laranja, com bandeira líbia. O tanto de casco que sobrava acima da água deixava ver a sucessão de reparos que tinha enfrentado nos últimos anos. Ele soltou um apito grosso, uma espécie de alerta triunfal, e sua proa se colocou à frente do rebocador. Nós paramos um instante, debruçados na mureta da Ponta da Praia, para observá-lo: o casco era enorme e passava perto, tão perto de nós, que parecia que era até possível tocá-lo — mas um segundo depois ele já tinha nos deixado para trás e cortava com facilidade as águas no meio do canal, engolindo a Fortaleza da Barra.

Tive outra ideia — e se, em vez da balsa para o Guarujá, tomássemos o barquinho para a Praia do Góes? Eram quatro ou cinco minutos de travessia, não mais do que isso. Podia ser divertido e ia satisfazer o meu desejo e o do menino.

Desta vez minha mãe não se opôs e se acomodou até com certa presteza, ajudada pela mão de um rapaz no momento crucial de passar da ponte para o barco. O menino entrou em seguida. Havia espaço dentro da traineira e eu escolhi sentar na outra bancada, defronte deles, e fiquei observando o rapaz dar partida naquele motor a diesel, sujo, gaguejante, barulhento.

Um minuto depois, quando a Ilha de Santo Amaro já crescia à nossa frente, reparei no menino. Estava decididamente feliz e parecia beber de um gole só toda a extensão da água, da luz, do vento — sobretudo do vento. Este soprava do mar aberto em direção à dobra no interior do estuário — e sacudia a água, sacudia as cortininhas de plástico cor de laranja que alguns passageiros tinham baixado para se defender dos respingos mais grossos.

Abri os pulmões e inalei fundo.

Mas quando olhei para minha mãe, vi que ela se encolhia no banco atrás de uma coluna de madeira, tentando se esconder do vento. Os olhos pareciam molhados, não sei se de choro ou das rajadas que atravessavam as cortinas. Levantei e fui sentar a seu lado, pensando em fazer um anteparo contra os pingos que caíam no seu colo.

Desajeitado, derrubei uma lata de Coca-Cola, que ficou balançando no chão, de um lado para outro, sem que ninguém fizesse menção de recolher. Fui apanhar, perdi o equilíbrio e bati com a cabeça na trave de onde pendiam os coletes salva-vidas.

Quando me recuperei, minha mãe estava branca, os olhos presos na latinha de refrigerante que continuava a rolar no piso da embarcação. Deu um soluço seco, de quem tenta brecar a ânsia do vômito — e, para minha surpresa, desandou a falar.

Guido usava os olhos, diziam, como alguns usam as mãos, isto é, mexendo em tudo — e, quando estava inquieto, o que acontecia quase sempre, parecia se coçar com o pensamento. Aquele dia ele se coçava com todas as partes do corpo e, além da diarreia, que ia e vinha, a mãe suspeitava que ele estivesse com sarna.

Guido se perdeu dos outros já na subida do primeiro morro. Um dos garotos disse que o viu voltar para Rocca, provavelmente outra pontada de caganeira, e achou que ele logo apareceria correndo. Mas aí chegaram os carros alemães e, muito mais depressa do que se podia imaginar, passaram a ponte, tomaram as ruas — e Guido ficou preso, dentro da cidade, separado dos seus.

Dizem que se meteu na cama, onde foi descoberto por um soldado alemão que lhe deu uns chutes, mas o poupou da metralhadora. Um oficial se condoeu do menino assustado, achou que ele podia ser útil, deu-lhe vitaminas e um prato de comida. Em dois dias Guido estava de pé, ansioso por fazer alguma coisa, e de livre e espontânea vontade começou a varrer o chão da casa que, como todas as outras, tinha sido abandonada às pressas. Depois escapou com uma bacia e voltou com um punhado de castanhas.

Tinha catorze para quinze anos quando, praticamente da noite para o dia, virou auxiliar de cozinha do exército alemão.

Os malabarismos que Guido era capaz de fazer com dois martelos quebrados, com meia dúzia de rabanetes, com um pedaço de corda que ele saltava para a frente e para trás, de diversas maneiras, imitando o treino de um *boxeur*.

Os malabarismos que Guido era incapaz de não fazer.

Sabia que a plateia era inimiga (por isso não compreendia o que ele, malabarista improvisado toda noite depois do jantar, dizia entredentes enquanto fazia suas micagens), mas ria.

Enquanto rissem, continuaria vivo.

Às vezes ouvia tiros nas montanhas.

Podia tentar fugir e encontrar sua família — ou, se não os alcançasse, pelo menos se juntar a um grupo de *partigiani* e começar a lutar de verdade. Mas estes mudavam sempre de lugar; e se ele fugisse e não encontrasse ninguém e fosse capturado por uma patrulha alemã? Iam fuzilá-lo na certa.

Teve medo.

“No dia em que a guerra acabar eu vou montar um circo. Vou montar um circo e sair pelas estradas, as estradas cheias de minas que ninguém consegue atravessar, eu vou correr essas estradas para bem longe de Roccastrada, de Grosseto, e me apresentar de graça em troca de cama, comida, um quarto com calefação. Só isso. Não preciso de mais nada. Não preciso de palco nem de sala nem de lona. Posso me apresentar em qualquer canto. Numa praça. Numa estrada. Na praia. Vou montar um espetáculo. Um espetáculo com truques de mágica e malabarismo e com animais (quando eu tiver mais dinheiro) e com música e mímica. Muita música e mímica. Música e mímica, acima de tudo.”

Era isso que Guido se dizia, e era nisso que acreditava, toda noite, enrolado num cobertor imundo, no chão do corredor.

No começo do inverno de 44, quando ouviu as explosões cada vez mais perto e o vento estalando com rajadas de metralhadoras, compreendeu que acreditar ou não, não fazia a menor diferença.

Uma noite, em vez de se agruparem em fila com bandejas nas mãos, os alemães agarraram o que podiam, jogaram dentro dos caminhões e partiram.

Meia dúzia ficou para trás, espalhando gasolina.

Pegaram fogo as ruas, as casas, os muros, a escola, a prefeitura, a igreja, a bica diante da igreja, uma parte do cemitério e a ponte, depois que o último carro passou.

Não o mataram.

Não o obrigaram a subir no caminhão e fugir.

Estava livre.

Guido correu a noite inteira tentando apagar os incêndios com o pouco de água que restava na cidade.

Depois, exausto, urrou, uivou, teve convulsões de dor e de choro.

Depois correu novamente.

De medo, de alívio, de desespero, de alegria.

E desmaiou.

Na primeira neblina da manhã chegaram os *partigiani*.

"Quem é?"

"Trabalhou para os alemães", respondeu alguém.

Ela falava como quem fala para o vento, competindo com ele (e com o barulho infernal daquele motor), misturando nos instantes finais da travessia uma multiplicação de nomes, coisas, gentes, lugares, saltando do Grande Hotel do Balneário para Bariloche na Argentina, para as Ilhas Baleares e, nas costas das Canárias, para o Pico de Tenerife, que ela tinha avistado uma vez do convés do navio, e desse ponto saltou para a caçada ao *Graf Spee* na baía de Montevidéu, retornando ao salão de bailes do Grande Hotel com suas toalhas de linho bordadas nas oficinas de Euterpe Parsini, em Lucca, para daí passar ao Cassino, onde se amontoavam fichas de madrepérola do Oceano Índico, e retornar, sem solução de continuidade, para a afluência de Buenos Aires, para uma temporada em Bariloche, e de novo para Livorno bombardeada e então para Rocca, para Grosseto, para uma visita ao hospital de mutilados, onde ela soube, pela boca da amiga, o que tinha acontecido com Guido, e foi a primeira vez que reconheci esse nome, Guido, o nome do primo, o primo tão próximo, seu primeiro amigo, o primeiro que ela perdia, de forma tão dolorosa, naquela viagem à Itália destruída, e ela voltou a falar de um lugar difícil, onde os adultos entravam para caçar e voltavam com as roupas rasgadas, os cães enlouquecidos ladrando ao redor, também que idiotice, que idiotice ficar na cidade quando todos partiam, para quê, para ficar só, para ter um público a qualquer preço, mas de que é que se trata afinal — e eu simplesmente não sabia o que fazer à medida que ela falava cada vez mais depressa, cada vez mais embrulhado, como alguém que grita do outro lado do mar, e sua voz, atropelada pelo choro, ia perdendo terreno e agora era só um marulho, um marulho quase imperceptível, sobrepujado pelo vento e pelo barulho insuportável daquele motor a diesel.

Guido acordou no meio do julgamento.

Oito homens conversavam em voz alta. Não reconheceu nenhum dos rostos. Todos tinham a barba suja, os ombros cobertos de trapos, um fuzil na mão, outro nas costas. Dois tinham granadas no cinto. Todos pareciam doentes.

"Você ficou em Rocca?"

"Fiquei."

"Trabalhou para os alemães?"

Silêncio.

"A que horas se foram?"

"Às onze. Incendiaram tudo, subiram nos caminhões e partiram."

"Pela estrada de Grosseto?"

"Não, por Gavorrano."

Pausa.

"Então trabalhou para os alemães. Por quê?"

"Mas eu fugi. Roubei comida e levei um cobertor para a colina."

"E por que voltou?"

"Não tinha para onde ir. Em Rocca eu podia ajudar."

"Ajudar quem? Os alemães?"

Guido apertou os olhos, que começaram a se encher de água.

"Onde está o cobertor?"

"Não tinha ninguém. Deixei debaixo das pedras, aquelas que ficam no caminho da Crocetta" — e esticou o braço, apontando para fora da cidade.

"Por que não fugiu?"

"Eles iriam atrás de mim. Iam acabar encontrando os outros."

"Que outros? Se você não encontrou ninguém."

Silêncio.

Guido esfregou o rosto na manga da camisa e forçou o riso. Quis dar um salto para abraçar seus libertadores, mas um empurrão o jogou de volta contra a parede — então explodiu num soluço.

"Eu sou filho da Giulia, conhece?"

Silêncio.

"Não vale a pena. Acabemos com isso."

Alguém o agarrou pelo pescoço, "Vamos até o caminho. Se o cobertor estiver lá, como diz, você está salvo".

No meio da encosta pararam uns instantes para ganhar fôlego. Guido olhou para baixo. A neblina se misturava com a fumaça. A cidade era branca, cinza, azulada. A trilha desapareceu, encoberta pela neve. Os pés doíam.

Continuaram a subir.

"É aqui?"

Guido não tinha certeza.

Correu de um lado para outro. Revirou todas as pedras que tinha força para revirar. Cavou ao redor das outras. Depois, com um galho seco, começou a riscar e cavocar a neve em todas as direções.

Sentado numa pedra baixa, o homem observava seus gestos, o fuzil apoiado nos joelhos.

"Quantos anos você tem?"
"Quinze."
"Quinze? Sabe correr depressa?"
"Sei."
"Então vou lhe dar quinze minutos de dianteira. É uma aposta. Você tem quinze minutos para escapar."

Guido viu o homem remexer numa sacolinha de couro que trazia amarrada no pescoço, espalhar o fumo na palma da mão e depois encaixar uma pequena quantidade num canto da boca junto à gengiva.

"É mais do que muita gente teve nessa guerra."

O fuzil no chão, junto à pedra.

"Ou pode voltar comigo e enfrentar o julgamento."

Pausa.

"Mas então você não vai ter nem quinze minutos" — o homem riu e cuspiu uma bolinha escura.

Guido pôs a cabeça para trabalhar.

Levaria uns quatro minutos para descer a montanha aos saltos, menos de três para fazer o desvio por Leggere-polvere e passar fora da cidade, talvez um minuto para atravessar as cercas do Carletto, se elas ainda estivessem de pé; depois, um estirão rápido pelo pasto e daí tinha uns vinte, vinte e cinco, talvez trinta minutos de corrida em campo aberto pela *maremma* para cortar caminho e, com sorte, alcançar a praia.

Ali na areia, diante do mar aberto, ninguém ia ter coragem de chamá-lo de covarde só porque tinha ficado em Rocca e servido na cozinha e apresentado seu circo todas as noites para os alemães em troca de um prato de comida. Diante do mar aberto, ninguém ia ter coragem de chamá-lo de traidor.

E Guido precipitou-se morro abaixo.

E minha mãe voltou a falar de um lugar difícil nos arredores de Roccastrada e de Grosseto, entre as colinas metalíferas e o mar, onde ela mesma nunca estivera por medo dos espinhos, um lugar insalubre, cheio de histórias, reino de cães farejadores que voltavam da cova para seguir uma presa e de perdizes que não morriam nem com uma dezena de tiros — mas nada do que ela dizia me interessava tanto quanto o nome desse primo, repetido diversas vezes no meio de uma trama que eu não conseguia destrinchar.

Quando entrou na cidade, o homem que fora com Guido até o caminho da Crocetta disse apenas, "Escapou".

Numa passada lenta, outro *partigiano* atravessou a praça, escalou um muro, saltou para o teto de uma casa e se pôs a examinar a *maremma*. Os novelos de neblina se desfaziam no ar. Dali ele enxergava sem dificuldades a terra plana que se estendia até o horizonte, onde acabava numa cerca brusca de pinheiros perto do mar.

Esperou.

À esquerda, não muito alto no seu campo de visão, um graveto amarelo avançou em zigue-zague. Pareceu diminuir a velocidade e desviar para um lado (provavelmente contornava um charco mais fundo), depois voltou a correr e saltar, avançando no terreno desigual.

"Se foge é traidor."

Ergueu o fuzil e fez pontaria.

Guido não ouviu o disparo.

Corria a toda velocidade, o coração acelerado tentando abocanhar golfadas cada vez maiores de ar para pulmões cada vez mais apertados — mas isso não tinha importância. As pernas tinham autonomia com relação ao cérebro e aos pulmões. Haviam selado um acordo com os ouvidos e escolhiam o caminho por conta própria, conforme a resposta do chão: saltar esse tufo, desviar daquela areia, correr só no chão duro, em hipótese alguma pisar em areia fofa ou cortar caminho pela água — por isso, porque estava totalmente tomado pelo som das suas pernas e pelos barulhos que o chão lhe devolvia, por isso, disseram para minha mãe, Guido não ouviu o disparo.

Ele se levantou e continuou correndo.

Foi cair de exaustão três quilômetros antes de chegar à praia, num tufo de zimbro, perto de um ninho de codornas.

Apanharam o corpo no começo da tarde.

Amanheceu num varal de arame farpado, do lado de fora da cidade, como uma toalha posta para secar.

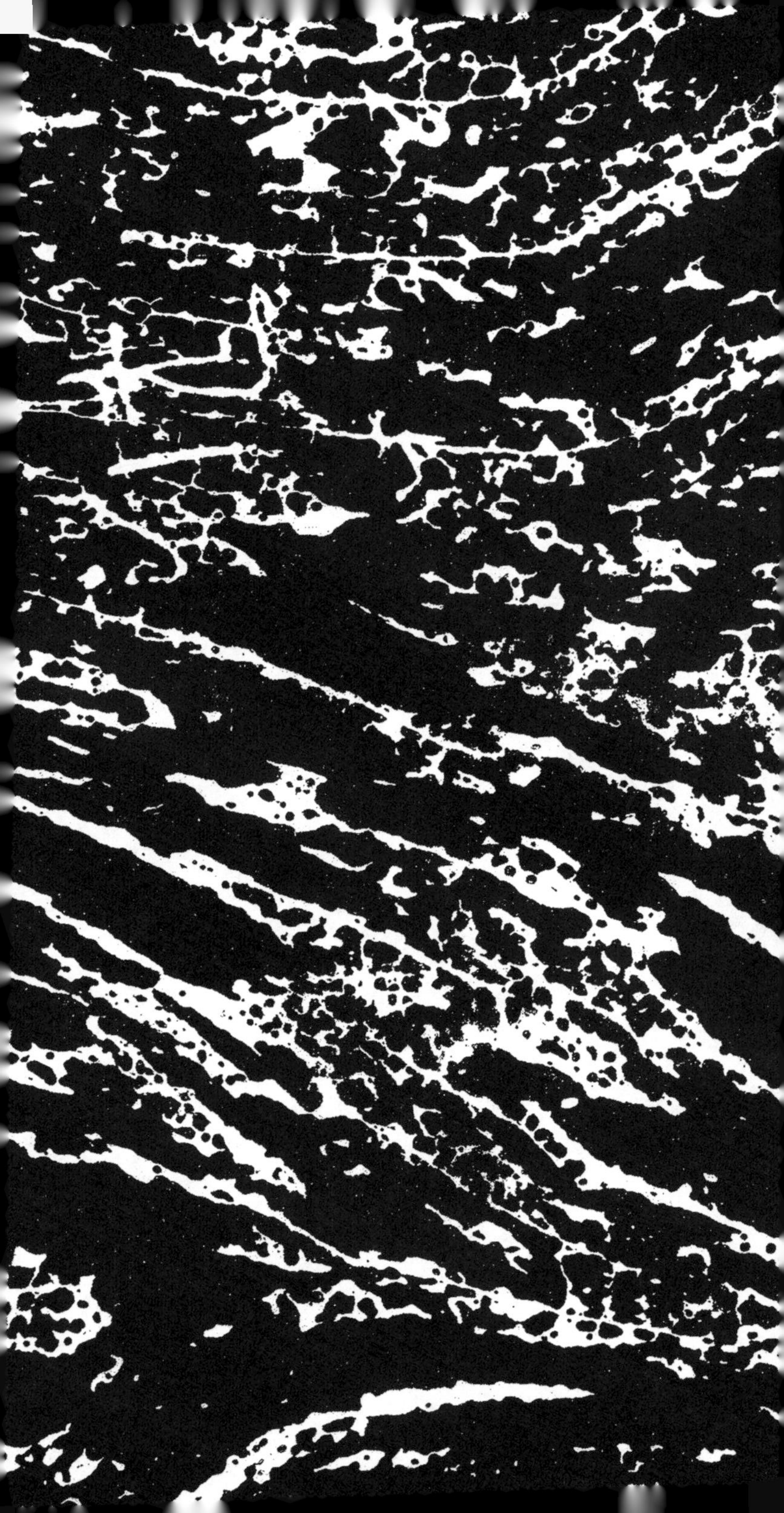

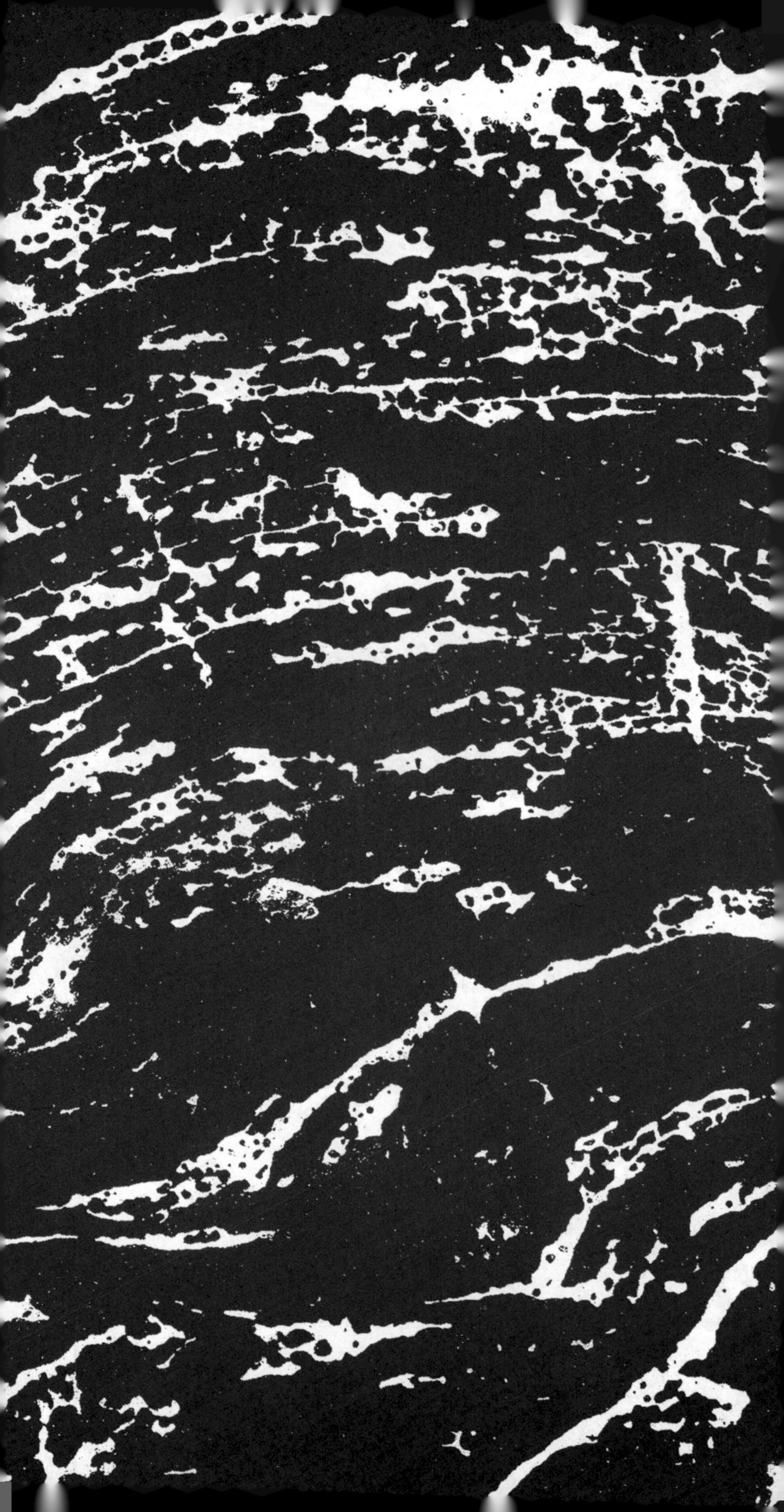

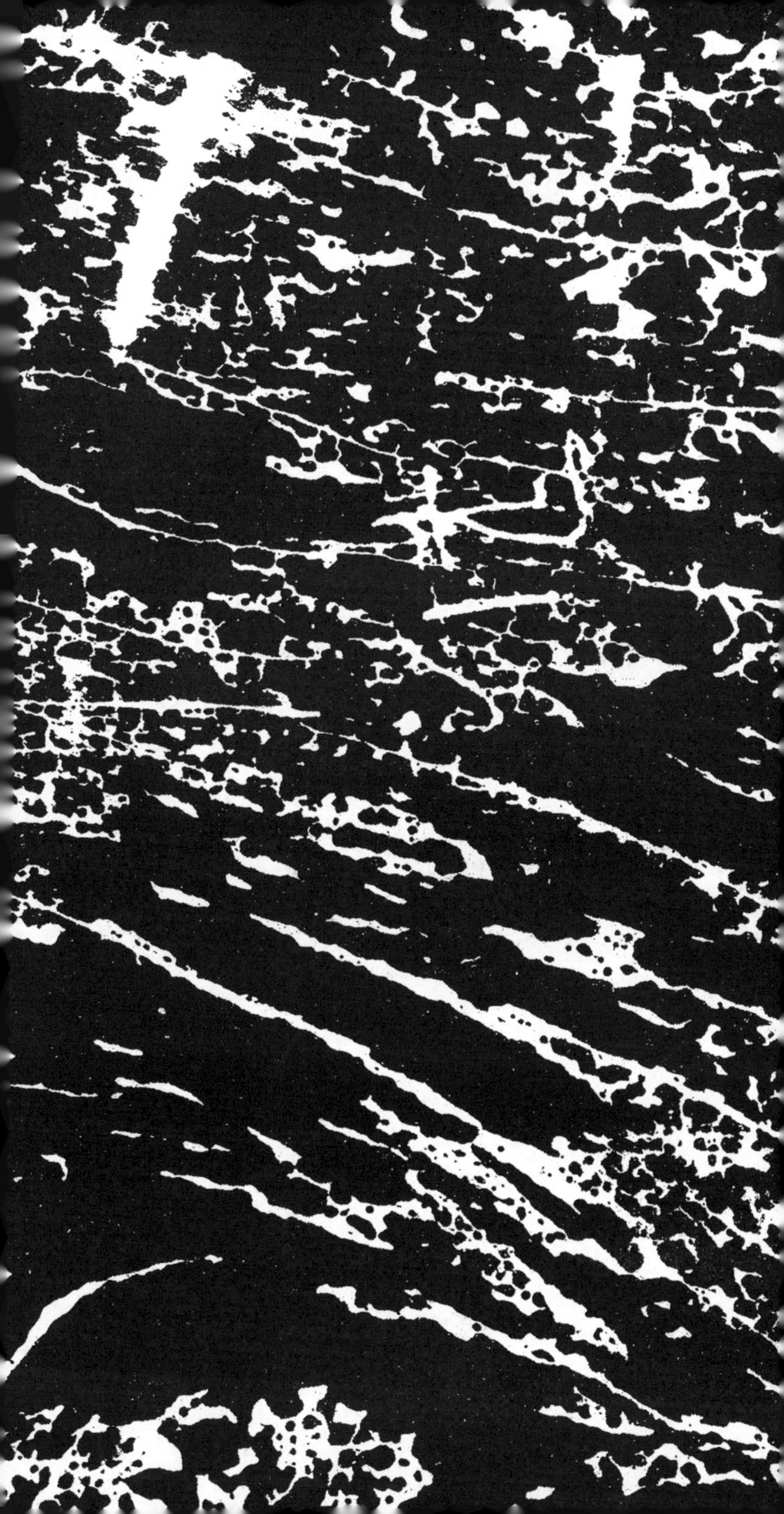

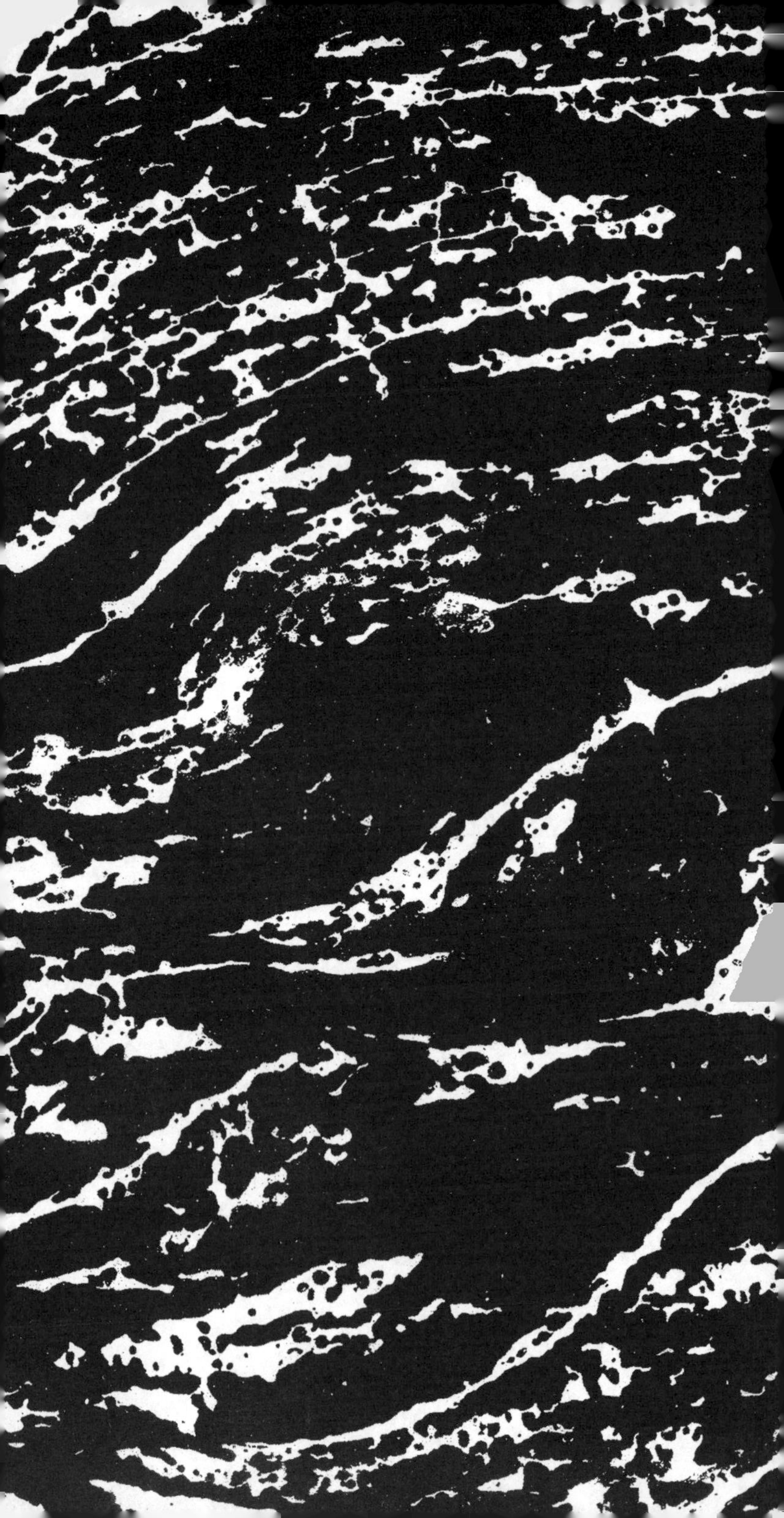

Era para ser uma viagem alegre e foi uma viagem triste. Na descida da serra, logo depois de Tapiraí, samambaias pré-históricas acenavam para nós a cada curva; mas quando entramos na baixada demos com extensas plantações de banana que ocupavam as duas margens do rio Juquiá. Na beira da estrada, barraquinhas vendiam pinga, paçoca e pencas de bananas verdes.

Chovia.

O menino se calara e olhava o rio em silêncio.

Por dentro, eu estava para arrebentar. Não conseguia concluir um pensamento sequer.

Era para ser uma viagem alegre e tinha virado uma viagem triste.

De noite sonhei que tinha me embebedado ao volante. Uma derrapada e pronto — o rio engoliu o nosso carro. Meu corpo, inchado feito um boi, foi dar lá em Iguape. Ficou encalhado uma eternidade. Depois lembro dele boiando entre o continente e a Ilha Comprida, raspando de leve nas margens.

Não sei o que eu fazia por ali.

O mar todo encapelado lutando com o rio.

Um pesadelo.

Eu estava no escritório quando Lívia telefonou me convocando para um café na padaria a duas quadras de distância. Não reconheci sua voz ao telefone e quase não reconheço a mulher sentada no balcão perto da janela, folheando o jornal. Lívia tinha mudado outra vez. Estava mais alta, mais larga, mais velha — e, em certos aspectos, mais bonita também. Não perdera de todo o olhar vivo, de animal acuado, que me impressionara tanto das outras vezes, mas havia alguma coisa diferente. Reparei nos seus lábios: estavam gordos, inchados.

Era sempre desconcertante conversar com ela.

Pediu o café e parecia não ter pressa alguma de entrar no assunto. Deitou o jornal sobre o tampo de alumínio e fez um comentário engraçado sobre a chamada de capa, que alertava para desvios relacionados à duplicação de estradas no interior do estado. Depois emendou duas ou três coisas que não tinham ligação entre si. Talvez quisesse simplesmente jogar conversa fora. Talvez já não houvesse realmente um assunto entre nós e, passado tanto tempo, aquele encontro num balcão de padaria em São Paulo não fosse nada além de um encontro num balcão de padaria.

Pedi o meu com um pouco de leite e me pus a mexer a espuma com a colher. Ela estava leve, alegre. Me lembrei de certas mulheres cujo lábio inferior incha quando estão grávidas. Lívia, grávida? Por um segundo cogitei perguntar, mas a verdade é que eu não tinha intimidade para tanto.

Então abri a boca e falei só por falar, "E as próximas viagens?"

Ela dobrou o jornal.

"Era sobre isso que eu queria conversar."

Ficou séria.

"Resolvi não viajar mais. Uma viagem aqui, outra ali de vez em quando, tudo bem, mas viajar a *trabalho*" — enfatizou a palavra — "nunca mais. Vou mudar de vida. Ficar no Brasil. Vou reformar a casa de Santa Catarina. Quero meu filho de volta."

Não havia muita gente na padaria — um senhor na fila do pão, duas garotas no caixa, um aposentado puxando conversa com o empregado do outro lado do balcão. Eu não sabia o que dizer. À minha esquerda, dois adolescentes tomavam suco de laranja em uma mesa. Lívia levantou-se para dar um telefonema e fiquei observando os adolescentes. Pelo modo como riam, deviam ser namorados. Terminaram o suco, pegaram a comanda. Quando ficaram de pé, vi que ela tinha os ombros tortos e um braço mecânico. O rapaz andava com muita dificuldade, sacudindo o corpo. Os dois riam.

Continuei pensando neles quando, na fila do caixa, Lívia se despediu de mim com um beijo rápido, saiu pela porta e desapareceu dentro de um táxi.

Minha mãe soube de Guido pela boca de sua amiga enquanto distribuíam remédios no hospital de Grosseto, e eu, poucos dias depois da morte de minha mãe, pela boca de uma prima mais velha, que detalhou a história da amizade entre eles e de como minha mãe entrara em estado de choque ao ouvir a notícia e só veio a melhorar bem mais tarde quando voltou ao Brasil e, meses depois, casou-se intempestivamente com meu pai.

Com o que essa prima me disse, com as lembranças disparatadas de minha mãe durante a travessia da Ponta da Praia, mais as cartas, os retratos e os canhotos de passagens que encontrei na limpeza do seu apartamento, eu montei um relato que fui aprimorando à medida que o contava para o menino — ora reproduzindo o que tinha ouvido, ora simplesmente inventando trechos que faltavam naquela história que, até onde eu entendia, havia selado o destino de minha mãe — durante as longas horas que passamos na estrada entre São Paulo e Santa Catarina.

Para evitar a Régis Bittencourt (meu horror às rodovias não parava de crescer nos últimos anos), eu tinha bolado um roteiro meio maluco que nos deixava bastante tempo para rodar à vontade e explorar cidadezinhas que não estavam nos mapas, tendo em vista que aquela seria, provavelmente, a nossa última excursão juntos.

Chegamos a Registro no meio da tarde.

Não havia muito o que fazer. Na época, os galpões do KKKK ainda não tinham sido recuperados pela prefeitura e tudo que exibiam era um majestoso panorama de tijolos esburacados. O conjunto de quatro edifícios que chegara a ser um dos maiores entrepostos de arroz do mundo não passava de uma ruína — mas não gastei pensamentos com aquilo: há tempos eu abandonara minhas ambições de arquiteto-restaurador.

Caminhamos um pouco na beira do rio e, quando deu fome, fomos comer. Mais tarde, no hotel, tentei enxertar novos detalhes na história de Guido, mas o menino não me deu ouvidos. Disse que tinha outras coisas em que pensar, virou-se de lado e dormiu.

No dia seguinte, resolvemos esticar a viagem até Eldorado Paulista. A cidade ostentava duas glórias: sua proximidade com o parque estadual da Caverna do Diabo e o fato de abrigar o maior número de fábricas de banana-passa do território nacional.

Dispensamos a primeira e fiz questão de conhecer a segunda.

No quintal de uma casa, fomos apresentados a um engenhoso sistema de câmaras de circulação de ar. Ali, o calor gerado numa extremidade pela queima do carvão era impelido atráves de dutos e cavidades até os salões onde as bagas de banana repousavam sobre bandejinhas de bambu.

Fiquei entretido com aquele utensílio artesanal, que tinha uma certa graça, e perguntei se não era mais prático usar bandejas de aço que provavelmente durariam muito mais. Não sei por quê, mas fiquei contente quando o senhor que nos acompanhava respondeu que o inox para ele não tinha nenhuma serventia, "Água que escorre de banana enferruja até o aço".

No final da visita, fiz questão de comprar vários pacotes. Debaixo do celofane amarelado, o rótulo proclamava as propriedades nutritivas da banana-passa (200 gramas do produto forneciam mais proteínas do que um bife de 400) e estampava a medalha de bronze obtida na feira de produtos agrícolas de Saint-Louis em 1934. Era uma glória modesta, mas que me encheu de afeto e admiração: a fabriqueta engenhosa tinha encontrado seu lugar na história.

Só a paisagem à nossa volta parecia não encontrar o seu lugar e tampouco nos levar a lugar algum. Massas de plantações se multiplicavam do lado de fora da cidade e se interrompiam na beira do rio, que seguia, cheio de rodamoinhos, desbarrancando as margens.

De repente, num desvio da estrada entre Eldorado e Sete Barras, uma fileira de barris verde-escuros. Tirei o pé do acelerador e vi um bando de soldados com as metralhadoras em punho. Atrás deles, carros, jipes, caminhões de transporte de tropas e quatro ou cinco peças de artilharia móvel, em cima de um reboque.

O capitão se aproximou da janela e fez sinal para que saíssemos do carro. Enquanto ele examinava a minha identidade e a carteira de motorista, dois soldados começaram a revistar o porta-malas, depois o porta-luvas, depois abriram a tampa do motor, tiraram os tapetes e examinaram com atenção o soalho do carro, enquanto um deles empurrava os bancos do motorista e do acompanhante diversas vezes para a frente e para trás.

"Para onde estão indo?"

"Capelinha", respondi.

O capitão torceu a boca, endireitou o corpo e chamou outro soldado, que saiu carregando meus documentos e os do menino. Comecei a ficar incomodado com a situação.

Um soldado bateu no capô e disse, "Nada, capitão".

Depois de nos examinar de alto a baixo, este perguntou:

"Tem conhecidos na região?"
"Não."
"Está procurando alguém?"
"Não, senhor."
"Então o que é que vai fazer em Capelinha?"
E eu caí na besteira de dizer que tinha ouvido falar das escavações na Capelinha, das ossadas que tinham encontrado no lugar, e que eu e meu sobrinho estávamos curiosos para conhecer.
À palavra "ossadas", o capitão, que até aquele momento se mantivera nos limites de uma rudeza protocolar, soltou um puta-que-o-pariu e quis saber de que porra de ossadas eu estava falando.
"Dos sambaquis", eu gaguejei, "coisa muito antiga..."
Mas aí já era tarde. Os soldados nos cercaram e, quando dei por mim, seguíamos em fila indiana, a passo militar, atrás do capitão.

Dois minutos depois, estávamos eu e o menino dentro de uma barraca, nossos documentos sobre a mesa, uma folha de papel com meu nome, número de RG e endereço na capital. De um lado da mesa, um soldado tentava uma linha de comunicação com São Paulo; do outro, o capitão cochichava alguma coisa no ouvido do que parecia ser um coronel ou general.

Não sei reproduzir o interrogatório que se seguiu. Sei que o tempo fechou ali dentro da barraca e por trinta, quarenta, cinquenta minutos, fui submetido a um interrogatório insano, cheio de insinuações que não faziam o menor sentido. Havia alguém esperando por mim na Capelinha? no Areado? na Barra do Braço? em Itapeúna? Por um instante me perguntei se eu não tinha caído no meio de um exercício de guerra e os militares estavam levando longe demais a loucura de seu treinamento. Tentei encontrar um interlocutor que fosse minimamente razoável — mas logo me dei conta de que aquilo que começara como um equívoco, um mal-entendido, podia muito bem ter um fim desastroso.

Quando levaram o menino embora e disseram "agora vai começar a parte boa da brincadeira" e já não faziam perguntas, mas tão só ameaças, e o capitão acendeu um cigarro e se pôs a caminhar de um lado para outro, às vezes chegando bem perto do meu rosto, eu tive medo — e o medo, misturado à incompreensão, começou a me sufocar. O coronel disse que já sabiam de tudo, dos outros que estavam me esperando, só queria saber quem tinha me chamado e por onde eles achavam que iam escapar, que o cerco já estava fechado, não adiantava mentir, quem eu estava protegendo, o menino ia abrir o bico de qualquer jeito e aí ia ficar pior, ah muito pior, eu podia ter certeza. Minha perna esquerda tremia. Senti gotas de suor escorrendo por dentro das calças. Por sorte, tive um vislumbre de consciência: percebi que não podia mais encarar meus acusadores de frente. Qualquer risco, qualquer fagulha de raiva, podia se soltar dos meus olhos e, por mais cordatas que fossem as minhas respostas, se meu olhar cruzasse com os olhos de qualquer um deles, o ódio acumulado ia saltar de dentro do meu corpo e incendiar aquela barraca.

Para não morrer, cravei o olhar no chão.

O interrogatório girava, girava, e caía de novo no ponto de partida — que razão eu tinha para fazer aquela viagem? o que é que eu estava procurando? por que tinha escolhido aquele caminho? Na décima vez em que isso se repetiu, entendi que eles estavam tentando ganhar tempo. Para eles, o fato de eu, morador de São Paulo, ter enveredado por aquela estrada deserta do Vale do Ribeira já era motivo suficiente para me incriminar; ao mesmo tempo, o fato de que eu e o menino não trazíamos nenhum mapa, nenhuma arma, nenhuma maleta de primeiros socorros, isso os desorientava — e me agarrei a esse fato.

Duas horas depois chegou a resposta de São Paulo: não havia nada contra mim. Contrariados, devolveram os documentos e um veículo militar escoltou o nosso carro até a entrada da Régis Bittencourt.

Era para ser uma viagem alegre e foi uma viagem triste. Saímos de lá em silêncio, os olhos postos no areião branco que ameaçava desaparecer a qualquer momento no lusco-fusco da estrada. Na Régis, parei no primeiro posto de gasolina e arranjei uma pensão onde, cansados demais para dormir, cada um caiu na sua cama e passou a maior parte da noite em claro.

Eu fiquei pensando na viagem, e no despropósito daquele bloqueio militar que tinha nos impedido de explorar até o fim a estrada da Capelinha. De lá poderíamos ter contornado por dentro para Barra do Turvo, Iporanga e Apiaí; talvez subir até São Miguel Arcanjo, fazer a volta por Guapiara ou Ribeirão Branco ou, ao contrário, dobrar à esquerda, pegar um trecho curto da BR e então sair novamente em Itaoca, Andorinhas e continuar costeando a serra. Teria sido uma bela aventura fazer a viagem inteira de São Paulo a Santa Catarina apenas por estradinhas vicinais, cortando lugares como Lageado, Poça, Quilombo da Poça, Ilha Rasa, Cruzeiro, Abobral, Usina, Mambuca, Virassaia, Taquari, Barbeiro, Batatal, Morro Preto, Caiacanga, Penedo... — antes de entrar em Florianópolis, cuja primeira denominação (que eu ignorava nessa época) fora Ilha do Desterro.

De manhã, observei por uns minutos o sono do menino. O cabelo preto, espalhado sobre o travesseiro, formava uma mancha espetada; a pele era muito branca, apesar do sol forte que tinha feito aqueles dias, e o rosto, parcialmente encoberto por um braço, continuava indefinido. Impossível dizer que desenho final ele teria. Corria o risco de se tornar um daqueles rostos terríveis, quase disformes, que têm as crianças que carregam desde cedo a fisionomia de um adulto. Ou podia sobreviver à sua doença e, com tempo para crescer, maturar e envelhecer, quem sabe um dia seu corpo acabasse absorvendo aquela dor nos ossos que parecia acompanhá-lo por toda parte.

Quanto haveria de viver, com quem iria se ligar — tudo isso me escapava e, embora me doesse perder o menino (e eu sabia que continuaria a doer por muito tempo), essa dor cavava em mim um sentimento novo, incômodo mas novo. Respirei fundo e, com cuidado para não despertar o menino, me aproximei da janela, afastei duas lâminas da persiana e espiei pela fresta — um caminhão acabava de sair do posto e ganhava a estrada inteiramente livre àquela hora da manhã.

O endereço deu numa rua de terra que desembocava, no fim do quarteirão, num fundo de baía. A casa de Lívia ficava na ponta, perto da areia. No mar, dava para ver umas caixas pretas boiando na água. Devia ser uma fazenda de ostras. Parei o carro diante do bangalô de madeira recém-pintado de cinza e verde-água. Lívia deve ter ouvido, pois assim que desliguei o motor ela e o marido japonês surgiram na varanda. Não houve constrangimentos. Eu era o tio do menino. Ele tinha morado comigo, agora ia morar com eles. Feitas as apresentações e um breve relato de nossa viagem, Lívia me convidou para passar a noite. Agradeci, mas estava com pressa — para quê, exatamente, eu não sabia. Apertei a mão de Kimura, que se mantinha um pouco afastado, beijei o rosto de Lívia, dei um abraço forte no menino, e entrei no carro.

Eu ia virar a noite na estrada.

NOTA

O poema reproduzido às páginas 46 e 47 é de autoria de Fabrício Corsaletti, e foi publicado na revista *Azougue*, nº 8, abril de 2003, e nos livros *O sobrevivente* (Hedra, 2003) e *Estudos para o seu corpo* (Companhia das Letras, 2007).

SOBRE O AUTOR

Escritor e artista plástico, Alberto Martins nasceu em Santos, SP, 1958. Formou-se em Letras na USP em 1981, e nesse mesmo ano iniciou sua prática de gravura na ECA-USP. Como escritor publicou, entre outros, os livros *Poemas* (1990); *Goeldi: história de horizonte* (1995), que recebeu o Prêmio Jabuti; *A floresta e o estrangeiro* (2000); *Cais* (2002); *A história dos ossos* (2005), distinguido com o Prêmio Portugal Telecom de Literatura; *A história de Biruta* (2008); a peça *Uma noite em cinco atos* (2009) e *Em trânsito* (2010), menção honrosa no Prêmio Moacyr Scliar de Literatura 2011.

NOVA PROSA

Marcelo Mirisola
O herói devolvido

Wilson Bueno
Meu tio Roseno, a cavalo

Luís Francisco Carvalho Filho
Nada mais foi dito
nem perguntado

Nuno Ramos
O pão do corvo

Marcelo Mirisola
O azul do filho morto

Cláudio Lovato Filho
Na marca do pênalti

Marcelo Mirisola
Bangalô

Beatriz Bracher
Não falei

Marcelo Mirisola
Notas da arrebentação

Alberto Martins
A história dos ossos

Beatriz Bracher
Antonio

Chico Mattoso
Longe de Ramiro

Beatriz Bracher
Meu amor

Fabrício Corsaletti
Golpe de ar

Alberto Martins
Uma noite em cinco atos

Marcelo Mirisola
Memórias da sauna finlandesa

Beatriz Bracher
Azul e dura

Antonio Prata
Meio intelectual,
meio de esquerda

Chico Lopes
O estranho no corredor

Furio Lonza
Crossroads

Pedro Süssekind
Píer

Este livro foi composto em Minion
pela Bracher & Malta, com CTP da
New Print e impressão da Graphium
em papel Pólen Soft 80 g/m^2 da Cia.
Suzano de Papel e Celulose para a
Editora 34, em maio de 2013.